JN034940
最強魔法師の隠遁計画
The Greatest Magicmaster's Retirement Plan
17

【アイシクル・ソード】!!

初手でフェーヴェル一族の伝統魔法、
しかもこの構築の速さ……
テスフィアの反応が一拍遅れる。

CHARACTER

ロキ・レーベヘル

銀髪の美少女で、アルスのパートナー。アルス同様、普段は魔法学院に通っているが実は軍人身分でもあり、探知魔法師としての腕も相当のもの。

アルス・レーギン

魔法師ランキング現1位の天才で、底知れぬ異能を持つ異端児。ベリック総督らとのしがらみもあり、アルファに所属する。現在は、第2魔法学院に通う一学生という身分。

テレシア・ヴェルデール

フェーヴェルの血を引く分家・ヴェルデール家の秘蔵っ子にして、天才肌の少女魔法師。テスフィアをも上回るとされる才能を誇り、何かと挑戦的な態度を取る。

テスフィア・フェーヴェル

赤髪が特徴的で、気の強い美少女。大貴族フェーヴェル家の一人娘であり、次期当主候補。魔法学院の優等生だが、アルスとの衝撃的な出会いを経て、彼に教えを乞う立場に。

アイル・フォン・ウームリュイナ

大貴族・ウームリュイナ家の次男で、恐るべき資質を秘める少年。【テンブラム】を通じてテスフィアとの婚約を狙っており、同時にアルスの身柄を己の支配下に収めるべく暗躍する。

フローゼ・フェーヴェル

現フェーヴェル家の当主で、テスフィアの母でもある。かつてのアルファ軍内で、鬼教官として恐れられていた女傑。アルスの教導により大きく成長した娘の姿に、態度を改める。

最強魔法師の隠遁計画 17

イズシロ

HJ文庫
1101

最強魔法師の
隠遁計画

The Greatest Magicmaster's Retirement Plan

CONTENTS 17

Presented by IZUSHIRO　Illustrator MIYUKIRURIA

「精神の爪痕」

そして、年が明けた――アルファの、魔法学院の、一人の少年にとっての、実に濃い一年がようやく明けたのだ。

若い学院生達も、徐々に失われていた日常の感覚と学院生活を取り戻しつつある、そんな中。学院構内のその一角だけは、未だに生々しく緊迫した空気を纏っているかのようだった。

そこにたたずんでいるのは、神秘的な祭壇めいた建造物だ。そして、その傍を行く生徒達は、皆一様にそっと目を逸らすか、まるで殊更に無視を決め込むかのように、足早に通り過ぎていくのが常だった。

それは、献花台だ。

ダンテ達による学院襲撃テロは、アルファのみならず7カ国全土に大きな衝撃を与え、歴史的な凶悪魔法犯罪として、人々の心に暗い影を落とした。

陰惨な事件現場に置かれたのが、白大理石造りの献花台だったのだ。そしてその白いモニュメントめいた建造物は国内のみならず、7カ国中から届けられ捧げられた無数の花々に、たちまち埋めつくされることになった。まるで、積み重なった魂の痛みの象徴であるかのように。

だが、それでもやはり喉元過ぎればなんとやら……とかく忘れっぽいのが世間の常なのか、いち早く情報統制を敷いたアルファ上層部の動きが奏功したのか。水面に広がった波紋がいつしか減衰し消えていくように、事件の話題は急速に沈静化しつつあった。

だが、それでも決して消えず、癒えないものがある。

それは図らずも正式な授業再開前に提出された、学生からの退学願いの数が証明してしまっていた。ちなみに名門たる学院を自ら去る決断をした生徒は、大部分が貴族ではない一般生徒であった。

彼らが「魔法師」という職業に対して抱いていた漠然とした希望。晴れて学院を卒業すれば、所詮庶民育ちに過ぎない己が、新世代の英雄として羨望のまなざしを向けられる華やかな舞台に立てるのだ、というぼんやりした憧れとでも言おうか。

そういった類いの若く甘すぎた夢、もしくはモラトリアムの残滓めいたものを、あの時彼らが目の当たりにした血まみれの現実が、無残にも打ち砕いてしまったのだろう。

しかし元より精鋭のみが集い育つ名門故に、去る者は殊更に追われることもなかった。

としている。


この第2魔法学院は、単に自浄作用が働いただけであるかのように、日常に回帰しようとしている。

いや、世界自体がそもそも、そういった仕組みになっているのかもしれない。残酷な選定の手からこぼれ落ちた者達を除けば、誰もが皆、何かに押し流されるように前へ進み、己の定めという巨大な歯車の中へと組み込まれていく。

それは避けがたい運命の選別。まさに、時間が解決するとはこういう〝もの〟でもあるのだろう。

そしてここにもまた、世界の歯車に巻き込まれた者が……偽りの平和という、根拠のない妄想じみた平穏とは無縁の者たちが、一息つく間もなく、否応なく引き込まれていく。世界がときに見せる冷徹さ、残酷さを見せつけられてなお、全てを諦め、座視することは絶対にできない、とでもいうように。


「本当についていかなくてもいいの？　講義くらい休むよ？」

女子寮の前で、後ろ髪を引かれるような思いを抱えたまま、アリスは不安げな顔でテスフィアに向き合っていた。

今、【貴族の裁定《テンブラム》】が正式に開催されるとの通達を受け、テスフィアは急いでフェーヴェル家へと帰省しなければならなかった。

それは貴族間で起こった諍（いさか）いを解決するための模擬（もぎ）戦争。血腥（ちなまぐさ）い実力行使と果てなき抗（こう）争（そう）を避け、互（たが）いの正当性を納得（なっとく）いく形で決定すべく設けられたゲーム（戦争）である。

今回の【テンブラム】において、ウームリュイナ家とフェーヴェル家で取り交（か）わされた約定、すなわち勝敗の天秤（てんびん）上に乗っているものは、次の二つ。

まずはテスフィアとアイルとの婚約（こんやく）成立の是非（ぜひ）、加えてアルスの所属組織の移行――具体的にはアルスが〝自らの意思〟で、ウームリュイナの指揮下に加わることの是非である。

ただ、まがりなりにもアルスはアルファの最高戦力にして、シングル魔法師の現1位である。その彼が、〝三大〟と冠（かんむり）が付くとはいえ一貴族家の私兵となるなど、あり得（う）る話だろうか？　いや、そんなことが罷（まか）り通るはずがないと一笑（いっしょう）に付すには、アルスの立場はあまりにも特殊（とくしゅ）なのだ。なんといっても現在の彼には、超法規的措置（ちょうほうきてきそち）が適用され過ぎている。

軍としては、まだ実質的には少年といえる年齢（ねんれい）であるアルスを、幼少期から最前線で戦わせてきたという負い目がある。さらに何より、彼は十分な実績と軍在籍（ざいせき）期間を盾（たて）に自ら退役（たいえき）を申し出て、現在は学院の一生徒なのだから。

それも総督（そうとく）たるベリックが自ら認めている以上、アルスはある意味で、二重国籍者（こくせきしゃ）にも近い存在である。限りなく軍人でありつつ同時にまた正しく学生でもある、という通常の法では規定されづらい立場なのだ。

そして「学生である以上、自由意志は尊重されるべき」という部分を拡大解釈すれば……という主張が、正面切ってウームリュイナほどの大貴族によって申し立てられた場合、絶妙に否定しにくい部分も出てくる。

アルスはまさに歩く治外法権の体現であり、特例中の特例。そもそも総督のベリックはおろか、元首たるシセルニアですら彼を勝手気ままに支配することはできないのだから。

そんな彼が、ある意味であえて騒動の渦中に身を置いてくれている。それを考えた時、そもそも彼を巻き込むような形にしてしまったテスフィア自身が、ウームリュイナとの因縁の場から逃げ出すなど、あってはならないことだ。だからテスフィアは、心配げな親友に、あえてお気楽に言ってのけてみせる。

「大丈夫、アリスは心配し過ぎなのよ。いい？　そもそもアル――あいつがウームリュイナからの提案を受け入れた以上、それは絶対に勝算あってのことだと思うわけよ。そりゃあ、私が大将じゃ頼りなさはあるかもだけど、それでもアルは、黙って自分が不利になるゲームに巻き込まれるようなタイプじゃないもの。案外、ちょうどいい暇潰し、くらいに思ってるかもしれないわよ」

テスフィアはアリスの両手を取り、強く握り返しつつ微笑んだ。正確には不安がないと言えば嘘になるが、それでも、ふとアルスのいつもの冷静な顔を思い浮かべれば、なぜか気持ちが落ち着いてくる。今更怯える必要はないのだ、と心底思えるし、以前アイルに妙な術でトラウマを刺激された時のように、急激にパニックに襲われることもなかった。

　そんな彼女の後ろでは、これからの帰省に向けてトランクを山と積んだ台車の横で、テスフィア専属メイドのミナシャが力強く頷いている。もう一人の専属メイドであるヘストは、いつも通り無表情のまま、退屈そうに遠くを見つめている。自らも手荷物などを抱えているミナシャと違い、彼女の手に何も見えないのは、やはりヘストが護衛担当だからであろうか。

　そんな親友の従者二人の姿を眺めつつ、アリスはなおも不安げに口を開く。

「まあ、そう言われればそうかも、ね。でも肝心のアルは、午前中に出ていっちゃったみたいだけど？」

「まあ、ねえ……」

　そう言われればと、テスフィアも微妙に言葉尻を濁さざるを得ない。

　一緒にフェーヴェル家に行くのかと思いきや、アルスはロキを連れて「後で合流する」とだけ言い残すと、さっさと行ってしまったのだ。

　何か考えがあっての上だと思うが、やはり少々不安ではある。アルスのことだ、もしかすると【テンブラム】当日にすら、遅刻してきかねないという嫌な予感がある。

「まさかアル、当日になって変な事件に巻き込まれたりしない……わ、よね？」

小さく呟いたテスフィアの心中を察したのか、アリスも苦い表情を返した。

「あるわけない、って普通なら思うよねぇ。でもそっちの方が心配かな〜、今日までのことを考えるとさ」

事件がアルスを呼ぶのか、アルスの方から事件を引き寄せ、巻き込まれていくのか。いずれにせよ、二人の悪い予感が的中したことはそこそこあるので、改めて考え出せばどうにも気分が落ち着かないのも事実。こと、今回の【テンブラム】においてはアルスという戦力の存在感が巨大すぎるのだから。

「呪われてるんじゃないかしら、あいつ。きっと、お祓いでもしてもらいに行ったのね」

冗談めかして笑い飛ばしてみるも、何故か溜め息が出てきてしまう。万が一にも考えたくないし考えるべきでもないが、もしフェーヴェル側が【テンブラム】で敗北するのなら、その敗因に「何らかの理由でアルスが出場できなかった」という状況が絡むことは、大いにあり得るように思える。

次の瞬間、アリスがこの上なく真剣な眼差しで、こう言い放った。

「フィア！　この次にアルが戻ってきたら、ちゃんと確保しておくんだよ！」

〝確保〟とはまた強い言葉であるが、確かにそれくらいの用心が必要なのだろう。

テスフィアは、アリスの言葉に大きく頷いてみせた。実際に気ままますぎる彼を御せる自信はないが、ともかく目を離さないようにしようと心を決めた。

ひとまず今後のやることリストに「アルスの動向には要注意」という一文を付け加えると、テスフィアはいささか張りすぎていた肩を下げて、ふっと口角を上げる。

「アリスも、訓練しっかりね。今のところ、私の方が一歩先んじてるんだから」

ドヤ顔のテスフィアに、頬を掻きつつ苦笑を返すアリス。そんな彼女の胸に、トンとテスフィアの指が突きつけられて。

「アルから、また新しい魔法を教えてもらったんでしょ？　帰ってきたら見せてよね」

この勝気な態度にふっと和らいだアリスの表情は、もうすっかり日頃の彼女のものに変化しており。

「うん、分かった。すぐに習得するから早く帰ってきてね。みんなでね？」

【テンブラム】は貴族間で開催されるものだけに、軍の一角を占める強者でもなく、庶民出の一学生に過ぎないアリスは基本的に参加できない。もしそんな縛りがなければ、親友のために、アリスは誰がなんといおうとも参加していただろう。

そんな不甲斐なさのためか、どうしてもネガティブな面が顔を出しがちなアリスに向け、テスフィアはあえて、拗ねるように口を尖らせて見せる。

「私だって、早くアルに新しい魔法を教えて貰いたいんだからね。というか、そうね、いっそお願いして、私のも作ってもらっちゃおうかしら」

妙案とばかりにちゃっかり気味な発言を装ってみたものの、それが本来ならかなりの無理筋であることは、テスフィアも理解している。アリスの属性であり、まだまだ研究が進んでいない希少な光系統の魔法はそもそも数が少なく、だからこそアルスが次々と新魔法を考案する余地がある、とも言えるのだ。どうやらアルスの天才的な発想や魔法知識の素養を見せつけられるばかりの日々の中で、一般的な常識が麻痺してきているらしい、とテスフィアは内心で苦笑した。

そんな言葉にアリスが乾いた笑いで応じて、話題が途切れ……二人の間に、ふと沈黙の帳が下りた。

「えっと……ほら、さっさと送り出してよね、アリス」

「うん、そうだね。心配しすぎるのも良くないものね」

アリスはテスフィアの肩をわざと荒々しく掴んで反転させると、その背中をトン、と両手で押し出す。

「改めてだけど、さっさと終わらせて帰ってきてよね、フィア。じゃないと、今度の新年次試験の成績にだって響いちゃうよ？」

　すっかり失念していたのか、むぐっと奇妙な呻き声を発するテスフィア。肩を竦めたアリスに再度促され、ミナシャにも手を引かれるようにして、テスフィアはよろめきながら、無理やりに気を引き締め直した。

　そう、まずは【テンブラム】の前に、帰省のために踏み出す第一歩。

　何はともあれアリスと話せたことで、自分の足取りは少しだけ軽くなった――ような気がする。だから。

　ほとんどバカンスのための小旅行にでも行くかのように、テスフィアはアリスのほうを振り返ると、「行ってきます」とにこやかに大きく手を振る。心配なんて何一つないとばかり、赤毛の少女はあえて残していく親友に微笑んでみせて、学院を後にしたのだった。

　アルファが誇る最高医療機関の一つとして、軍病院が挙げられる。

そもそも治癒魔法はある種の革新的技術であり、民間医療への転用も含め常に研鑽されていくべきものなのだが、貴重な治癒魔法師は、主に軍人相手の治療が優先されるのが常だった。

一般人よりも前線に立つ軍人のほうが外傷を負う可能性が遥かに高いので当然ではあるが、その結果、軍の治癒魔法師には、民間医療者に比べ別格と言える量のデータや経験が蓄積されていく。故に各国で最高の医療を受けるとすれば、どうしても軍関連の治癒魔法師の存在が無視できないのだ。

さらに人材面においても〝その分野の専門家〟が豊富なのは自然と軍病院、もしくは一部の国立病院に限られてくるのだ。

今、アルスとロキが訪れているのも、例にもれずそんな軍関連の治療施設の一つであった。広大な敷地に専門病棟を構え、アルファでも高名な治癒魔法師を何人も抱える大病院。

その病棟最上階には、実に贅沢な治療室がある。7カ国中でも最高級と言えるレベルのその部屋は、ある意味で貴賓室同然。何しろ部屋自体に治癒魔法の効果を万全にし、患者の身体に円滑に作用させるための魔法陣が組み込まれているのだから。加えて壁や天井にはバイタルセンサーや高価な医療機材、果ては滅菌処理用の設備装置までが備え付けられている。この一室だけで大掛かりな治癒魔法の行使はもちろんのこと、精密な外科手術から術後のケアまでを完結できてしまうのだ。

まさに、この一部屋だけで大病院一つに匹敵するほどの完璧な部屋である。ただ一つ欠点があるとするならば、やや殺風景な点だろうか。無駄に広々としていることもあり、長い入院生活を送るには少々もの寂しい印象を与えるのだ。

ただし考えうる最高の贅が凝らされていることに疑いはなく、それこそもう少し調度品を添えてやれば、一流ホテルのスイートルームに変貌しそうなくらいだ。

そして、この大病院の入り口から堂々と入り込んだアルスは、今ちょうど、ロキとともにその部屋に足を踏み入れていた。

「ふぅん。軍でも、ここまでの設備にはなかなかお目にかかれないぞ」

そう呟きながら、部屋中に油断なく視線を走らせるアルス。床の材質を調べるように屈んだかと思えばすぐ立ち上がって天井を見上げたり、複雑な装置が仕込まれた壁と対話でもするかのように、一点を凝視してみたり。その姿は傍目には、さぞ変人の奇行めいたものに映るに違いない。ましてやこの部屋にお見舞いに来ている身としては、あまりに自由すぎる振る舞いであった。

「アルス様、そもそも目的が違うと思うのですが」

基本は彼を全肯定していくスタイルのロキでも、これはさすがにと思ったのか、呆れ気味に口を差し挟む。とはいえ、子供のように興味津々といった様子のアルスにはろくに聞こえていないようだったので、ロキは肩を竦めていったん放置を決め込み、部屋の主——ベッドに横たわる患者に向け、話しかけた。

「お加減はどうですか、フェリネラさん。こちらは、お見舞いの品です。あまり気の利いたものでなくて申し訳ないのですが」

そう言いながら、ロキは大きなバスケットをベッド脇のテーブル台に載せる。

色とりどりの果物が山盛りになっているそれはかなりの重みのようで、小柄なロキがぐっと持ち上げて台上に置いた拍子に、少しぐらついた。

山の頂点にあったオレンジめいたフルーツがこぼれ落ちかけるのを、さっと手を伸ばして支えつつ……お見舞いの品だけに直に床置きするわけにもいかず、ロキは全体のバランスを取りながら、慎重にバスケットを配置し直す。

「あ、ありがとうロキさん」

ベッドを操作する形で身を起こすと、患者衣のフェリネラは、ロキに向けて綺麗な笑顔でお礼を述べた。

「それにアルスさんも」

と、にこやかに付け加えたが、半面その顔は何か言いたげであり、その意図はロキも箇単に察せられるものだった。

「まあ、分かってはいましたけど。この量、お一人じゃ到底食べきれないでしょうね」

アルスとロキが持ってきた果物のバスケットだけではない。すでに病室には、山積みとなった見舞い品の数々が積み上げられていた。元々広々としているだけに、空間的にはまだ余裕がある病室だが、そういった意味ではすでに殺風景とは言えなくなっている。

とはいえフェリネラの性格上、片付けるなりしそうなものだが、それがまだあるということは、もしかすると今日届いたばかりなのかもしれない。

それこそお見舞いの定番であるフルーツ類などはすでに凄まじい量が届けられ、そこらのテーブル中に所狭しと載せられている。部屋の片隅には業務用かと見まがうばかりの巨大な冷蔵庫があるが、このぶんだと、そこも多彩な見舞い品でぎゅうぎゅう詰めになっているのではないか。

三大貴族の一角たるソカレント家、恐るべしである。

「ええ。先程荷物を預けている別室に、いくらか運び入れていただいたばかりなんですけどね。ほんと、看護師さん達にも申し訳なくて……あっ、でもお二人からのお見舞いの果物は、美味しく頂くわね。あの、もし宜しければ、今、ここで頂いてもいいかしら？」

がっつくようではしたないのですけど、と言わんばかりの様子である。淑女のフェリネラにしては珍しく、少し気恥ずかしそうに発せられたその言葉は、病室の重々しいムードを振り払うには十分だった。

「もちろんです。私が剥きますので……どれにしましょうか」

ロキは手近にあった果物ナイフを取り上げると、フェリネラの要求に応えるべく、バスケット内の山盛りフルーツの中からいくつかを手に取った。

「お手数をかけるわね、ロキさん。アルスさんも、お見舞いに来てくださりありがとうございます」

柔和な微笑みの下、つややかな唇から嬉しそうに紡がれたそんな言葉に、アルスも物珍しそうに部屋を歩き回っていた足を止め、ベッドに向かった。

「重症だと聞いたが、かなり良くなったみたいだな。例の事件じゃフィアやアリスもそれなりの深手を負ったが、軍でも最高級クラスの治癒魔法師が特別に派遣されたことで、だいぶ快方に向かっている。フェリも面倒に巻き込まれて不運だったな」

適当な椅子を持ってきて腰を下ろしがてら、アルスは、まるでじっくりと含むように言葉を付け加えた。ダンテ達、脱獄囚が絡む事件はヴィザイストが追っていたのだから、その捜査網の一部に、フェリネラが加わっていたと考えるのは自然だ。それに、アルスは彼女の口から直にいくつかの情報を得ているのだから、今更でもある。

ただアルスは、フェリネラがこれほど深手を負うほどの状況に、彼女がやむを得ず追い込まれたとは思っていない。彼女ほどの索敵力や状況判断力があれば、無謀な戦闘を回避するのは容易だったはず。実際、彼女が脱獄囚の中でもかなりの強者であったミール・オスタイカを相手に正面からぶつかり、ここまでの重症を負ってしまったのは、つまるところフェリネラが持ち前の正義感もしくは何かしらの衝動に突き動かされ、イレギュラーな行動に出てしまった結果なのだろう。

要は自分を律しきれなかったからの結果。アルスがヴィザイストと共に裏の仕事をしてきたからこそ、察することができる類いのヘマ。

そもそもフェリネラは、父親たるヴィザイストがくれぐれも、と念入りに気遣っているように、戦闘員ではなく諜報員として任務に加わっていたはずだ。

だとすれば、最優先すべきは前線に出て難敵と戦うことではなく、陰で情報を探り無事に持ち帰ることのはず。しかし任務に熱が入るあまり判断を誤れば、図らずして己自身が最前線に飛び出て脅威に身を晒してしまい、苛烈な戦闘を余儀なくされてしまう。

「大事なのは引き際だ、フェリにしては珍しい無茶だったな」

全てを察したかのようなアルスの言葉に、フェリネラは乾いた笑みで応じた。

「ま、そうした経験が一流への登竜門だというんだから、割に合わんわな」

軍人、特に魔法師は己の剥き出しの心臓を手に乗せて歩いているようなものだ、とよく例えられる。それだけ危険が大きいのだ。フェリネラは諜報員扱いではあるが、魔物はもちろん、凶悪犯罪者相手の任務ですら、いざという場に立てば諜報員と戦闘員の区別など無きに等しい。

ふとアルスは意味深な視線を感じ、首を回して傍らに目を向けた。その先ではロキが「どの口でおっしゃるのですか」とばかり、細めたジト目をこちらに向けている。途中から気づいてはいたが……ここらで一度、自身を顧みる必要がありそうだった。

「すまん、ちょっと説教じみた。そもそも俺が言えたことじゃなかったな」

「その通りです、【悪食】との一戦のことをもうお忘れですか？　アルス様こそ、無茶は慎んでくださいね？」

銀髪を揺らしつつロキにそう言われてしまえば、苦笑気味に髪を撫でつつ、アルスも降参だ、とばかりに両手を広げて見せざるを得ない。

「そもそもその理屈でいえば、フェリネラさんはこうして生きて帰られたのですから、結果オーライということなのでは？　それも大事な任務にからんでの負傷ですから、そこまで非がある、ということでもないかと」

ロキが珍しく、アルスに対して抗議するような言葉を重ねる。

確かに、とかく生命を安売りしがちな者が多いのが魔法師の世界である。だからこそ、そこでは逆説的に「生き残ることこそが正しい」のだ。

相応の才を持つ者ですら、ちょっとした運命の悪戯で落命し、一瞬で無残な屍を晒すのが外界。あくまで人を相手にするだけの通常軍人と比較すれば魔法師の生存率は圧倒的に低いが、そのぶん死線を越えて生き残り続けた者は、加速度的な成長を遂げられる。

弱肉強食や適者生存といった原理にさらなる異常バイアスがかかった、ほとんど蠱毒の儀式を思わせるほどの「頂点＝絶対強者」の掟。それこそが魔法師の世界を貫く真理であり、外界で任務を積み重ねていくうちに、誰もが辿り着く結論なのだ。

「良いのよ、アルスさんの仰ることは間違っていないの。私も、気が急いていたのは確かだから」

微笑むフェリネラだったが、その表情はどこか弱々しいものだった。すでに反省は済んでいる、といった様子でもあるが、同時に己の力不足を実感してもいる。

確かに、ダンテとミール・オスタイカを追って、学院の秘された地下部分まで踏み込んだのは判断を誤ったと言わざるを得ない。自分の力を過信した故だ、とフェリネラは痛切に感じていた。

後から分かったことだがアルス不在のあの時、元シングルにして学院側の最強戦力であるシスティは、生徒らを丸ごと人質に取られた形だったらしい。そんな状況下では、いかに奮闘したとて、フェリネラの一人の力で状況を好転させられるものではなかった。少なくとも脱獄囚の暴王たるダンテならともかく、ミールを止めた程度では、まるでリスクと釣り合わない。結果的にアルスがダンテを倒したことで企みを阻止することができたが、ダンテの動き次第では、力を削がれたシスティとフェリネラの二人が、ともに揃ってあの場で命を落とすことも十分にあり得ただろう。

　それきり黙り込んでしまったフェリネラを見て、ロキに視線で促されるままアルスは小さく頭を掻き、なんとかフォローを試みる。

「いや、まあ、そうだな、俺もフェリの実力を見誤っていた部分はある。ミールは賊の副官クラスだ、万が一ダンテを巧く補佐されれば俺が負けはしないにせよ、いくぶん面倒なことにはなっていただろう。諜報任務の域を超えていたかもしれないが、正直助かった」

　我ながら似合わないことを、という自覚があればこそ、いくぶん視線を逸らしながらアルスがそう言った途端、フェリネラは瞠目し、たちまち口元にたおやかな微笑を浮かべる。

　重々しい空気のリセットに成功したかどうかは不明だが、幾分気が楽になった。ロキが林檎の皮を鮮やかなナイフ捌きで剥いていく横で、アルスは安堵の息を吐きつつ、さっさと新たな話題を切り出す。

「それはそうと、よくミール・オスタイカを始末できたな。一部高名な魔法師・軍人も含めて手にかけたのは数十人、犯罪歴から察せられる戦闘力は二桁クラスな上、裏世界に精通しているだけに、対人殺傷技術も相当なものだったはずだ」

話題を変えたはいいがそこはアルス、どうしても自分の興味・関心のある方向へと、我知らず話を持っていってしまう。

そもそもいかにフェリネラが優秀であろうと、あのクラスの魔法犯罪者を相手にできる戦闘力は持ち合わせていないはずなのだ。もっと言えば、学院はあくまで外界で魔物を相手どる魔法師を育成する場だけに、徹底的に人間をターゲットにした暗殺術・殺人術に対抗する手段などは、カリキュラム上も重視されていない。

そこはヴィザイストの指導を受けている愛娘とはいえ、やはり解せない点はある。もちろん死闘において運は大きな要素となる部分でもあるから、彼女が「単に運が良かっただけだ」と言うなら、アルスもそれ以上追求するつもりはなかった。

だがフェリネラは、そう聞かれることが分かっていたのか、大きく頷いて。

「はい。確かに、今の私では到底勝てる相手ではありませんでした。ですので、ソカレント家の秘技を使用しました。その代償が今の状況でもあるのですが」

アルスの前で隠し事をする気はない、とでも主張するかのように、明瞭に答えてみせるフェリネラ。

　その時無言で彼女に寄り添ったロキが、手の中で器用に切り分けた林檎を皿に載せ、そっとテーブルに置いた。

「ありがとう、ロキさん」

　フェリネラが背筋を伸ばして林檎を一口齧ると、室内にシャリッと瑞々しい音が響く。この大人びた貴族令嬢は、唇と白い喉元を動かして林檎の欠片を咀嚼していく姿すら、どうにも絵になってしまうのだから大したものだ。

　アルスは顎に手を当てて、あえて間を取るように少し沈黙した。流石に少しばかり逡巡があったのだ——たぶん、ここから先はソカレントの魔法の秘奥に触れる話になる。ただの貴族というならともかくフェリネラ相手に、そのラインを踏み越えて良いものかどうか。

　ややあって意を決したアルスは、思わずフッと小さく笑った。そう、今更だろう。ヴィザイストとは浅からぬ縁があるし、フェリネラとも学院では先輩後輩の関係性とはいえ、幾度か戦場めいた場所で行動を共にしている仲。そして何よりフェリネラの柔らかい視線が伝えてくる。彼女はアルスの好奇心を余裕をもって受けとめているばかりか、どこか誘いかけるように、微笑んでいるのだから。

「では聞くが、その秘技というのは、いわゆる継承魔法（けいしょうまほう）みたいなものか？　だが、ヴィザイスト卿（きょう）は一代で今の地位を築き上げたはずだが」

　フェーヴェル家その他の有力貴族が秘伝とする継承魔法は、そもそも貴族の名家が格式と権力基盤（きばん）を守るために必要な、ある種の切り札であるはず。それ故にたいていが魔法大典にも登録されることはなく、その独占（どくせん）は家の存続に大きく寄与（きよ）することになる。私兵や超高級（ちょうこうきゅう）ＡＷＲと並べても遜色（そんしょく）のない一家の固有戦力であり、文字通りの伝家の宝刀と言える存在なのだ。

　一般に高名な貴族であればあるほど、何年もかけて独自に研究し受け継（つ）がれてきた魔法を隠し持っているもの、とされている。

　だが、このソカレント家の大事に対するアルスの問いに対し、フェリネラはあまりにもあっさりと首肯（しゅこう）した。アルス自身、少々拍子抜（ひょうしぬ）けしてしまったほどに。

「仰る通りです。まがりなりにも三大貴族である以上、ソカレント家もまた秘した継承魔法と呼べるものを持っております。ただ、もちろん我が家（わがや）は成り上がりの身ですから、他家のように長年極意（ごくい）を研究する時間も費用もなかったようですが。それに、お父様からは魔法式の入手経路を聞いておりませんが、ああいう豪放（ごうほう）で快活な人ですから。今のところは秘していますが、決して永久に我が家のみの秘伝にしておく気もないようですね」

まあ、確かに一族の関係者が黙っているだけで独占できるほど明確な個性を持つ魔法は、現代では珍しいだろう。かつてと比べれば魔法研究もずいぶん進んだし、その分野も多様化している今、かつての高位魔法が現代ではせいぜい中位級程度ということもよくある。実のところ、フェーヴェル家の継承魔法の一つである【アイシクル・ソード】も、術者が氷系統に高度に精通してさえいれば、真似(まね)ることはさほど難しくはない。現にアルスもいざとなれば、見栄(みば)えは少々犠牲(ぎせい)にしても【アイシクル・ソード】の要である大氷剣(けん)自体は放ててしまえるのだから。とはいえ……。

「そうは言っても、ミールを相手に引けを取らなかったほどだ。何よりヴィザイスト卿の性格からして、継承魔法クラスが半端(はんぱ)でつまらん魔法なわけもないからな」

「そうなのですか？」

不意に発せられたロキの疑問にアルスはあっさり頷いた。長年一緒に軍務に就(つ)いてきた中で、卿の実力は証明されている。そんな万事抜(ばんじぬ)け目(め)ない彼が一代で開発した他家の継承魔法と同等の魔法となれば、アルスの興味を引くには十分だ。

何より、卿が本格的にトップの座に就いた軍事組織となれば、アルスがかつて所属していた通称(つうしょう)【特隊】と、現在率いている諜報部隊だけだ。それ以外ではほぼ直接指揮下にある隊は持たず、せいぜい何かあれば、臨時指揮官といった立ち位置で作戦に参加するのみ、と聞いている。

（それにしても、ヴィザイスト卿の秘奥義か。どんな内容なんだ？　構成式は？　それに威力は……？）

アルスが心中で思考を続けている横で、ロキが改めてといったように疑問を重ねる。

「フェリネラさん、本当に良いのですか？　貴族の家にとって、生命線とも言える秘密なのでは？」

この疑問に、フェリネラは再び微笑むと。

「ロキさん、大丈夫よ。二人にならお父様も必ず許してくださるわ」

そう言った後に、少しだけ悪戯っぽい表情でフェリネラは続けて。

「ふふっ。そもそもアルスさんは最初から我が家の秘術について、少しはご存じじゃありませんか？」

これにはロキだけでなく、アルス自身もきょとんとした顔をする。

「ん？　どういうことだ」

アルスの反応に、フェリネラは小首を傾げて。

「あら？　あの、お父様はこの魔法については、結局のところ以前アルスさんにヒントをもらった、と言ってましたけど」

「悪いが、まったく記憶にない」

　にべもない返事にフェリネラは苦笑しつつ。

「えっとその、魔法と言うべきかカテゴライズ的には曖昧なところはありますが。アルスさんは【魔装】という言葉に心当たり、ありませんか？」

　アルスはふっと一瞬、遠い場所を見つめるような表情をしてから。

「ああ、それなら確かに一時期、ヴィザイスト卿から訊ねられたことがあったか。が、俺が提示したのは、そんな体系化された理論じゃなく、ただのアイデア程度のものだぞ。ん？　じゃあそれが、ミールを倒した魔法ということか？　実現したのか⁉　ならランクは？　特性は？」

　珍しく目を輝かせ、やや前のめりにさえなっているアルスに、フェリネラは小さく呆れたように笑って。

「その通りです。父はそのアイデアをさらに進めて、密かに実現させました。ちなみに、そもそも魔法大典に登録されておりませんので、分類やランクといったものはありません」

「なるほどな。これ以上は無粋ということか」

　言葉上でこそ大人しく諦めたようだが、もはやアルスの興味が完全に【魔装】に傾いているのは、彼の瞳に灯った純真な子供のような光を見れば一目瞭然である。

「いえいえ、乗りかかった船とまでは言いませんが、アルス様とロキさんにだけは特別、ということで」

内緒ですよ、というように人差し指を一本だけ立てたフェリネラは、ふと自分でも照れたように少し頬を赤らめて、小さく咳ばらいをする。

ここに至ってロキも思わず椅子に座り直し、いっそう深く腰を落ち着けた。

そう、ここから先はまさに秘中の秘、他言無用の領域だろう。

「……大丈夫だ、誰も聞いている奴はいない」

さっと周囲を魔力的に〝再確認〟すると、アルスは囁くようにフェリネラに告げる。

フェリネラは小さく頷き、おもむろに軽く右腕を掲げた。アルスとロキが注視する中、その手首あたりに、魔力の輝きが集中していく。やがて……その魔力が一定の色彩と存在感を持った〝何か〟へと変わっていった。

それは、せいぜい時間にして十秒程度だっただろう。だが、生唾を飲み込みつつ、大きく目を見開いたままのロキには、まるで数分が過ぎ去ったようにも見えた。傍ではアルスも目を細め、ソカレント家の秘術が生み出した、その理外の光景に見入っている。

さっきまで簡素な患者衣のままだった美しき貴族令嬢の腕は、今や奇跡そのものを纏わせて輝いていた。

魔法の理がそのまま世界を染色し、幻夢の羽衣をそのまま編み上げたかのように……彼女の手の甲から二の腕に至るまで、えも言われぬ光を放つ衣服の袖がはっきりと具現化しているのだ。

「これが【魔装】……正確には、特性を与えられた魔力でそのまま構成された衣服、もしくはその魔法技術を指します。魔力によって形を持った何かを現出させる、という意味では一種の召喚魔法に近いものかもしれませんね」

ただそれが、召喚魔法よりも事象としての現実における定着度合い、魔法現象としての強度が格段に高いのは間違いなかった。

目を丸くしたまま、ほとんど彫像と化していたロキが、やがてはっと気を取り直したかのように振り返る。敬愛する者に説明を求めるまっすぐな瞳が、そのままアルスを捉えた。

アルスはそれに、ゆっくりと応じて。

「ようやく詳細を思い出した。確か、いつか【最古の記述《レリック》】の解釈について意見を求められたことがあったな。そこで二、三、別の古書の記述を頭の中で紐解いて、ふと思いついたことを伝えたんだったか。さすがに我ながら机上の空論とも思えたが、あの理論が形になったか」

「おそらくそうかと」

ヴィザイストも、アルスのアイデアが発端と告げたのみで、詳細までは語っていなかったのだろう。フェリネラも部分的に顕現させた魔装を解きながら、曖昧に相槌を打つ。

そのことについて以前ヴィザイストから尋ねられた時、多忙だったアルスは踏み込んだ研究をしてみようとまでは思っていなかったが、ソカレント家の長として強力な継承魔法を密かに求めていたらしいヴィザイストは、違っていたのだろう。

「まあいい、それより驚いたのは……今の【魔装】の構造だな」

「はい。でもそういえばアルス様、確か7カ国親善魔法大会で【魔装】に酷似した魔法を対戦相手が使っていましたけど？」

このロキの疑問に答えたのは、親善魔法大会開催時、第2魔法学院側の纏め役でもあったフェリネラである。

「フィリリック・アルガーヌ君ですね。あれには私も驚いたけど、厳密に言うと【魔装】とは別物よ」

アルスは見ていないが、準決勝の舞台でロキが戦ったルサールカの一年生選手で、ジャン・ルンブルズの弟子筋に当たる少年である。確か闇系統の魔法鎧めいたものを身に纏うことで、ロキと互角以上に渡り合ったはずだ。

それはともかく、フェリネラの指摘を受けて、ロキは眉間に深い皺を作って考え込む。

「違うと言うのでしたら、彼が使ったのは召喚魔法ということでしょうか？」

これにはアルスが答えて。

「ああ、おそらくそうだろうな。実際、召喚魔法を身体に纏う運用方法は存在する。適性がなきゃ無理だが、過去のシングル魔法師の中にも召喚魔法で身体を覆って戦っていた奴がいたらしい。ただ、ほとんど自殺行為だがな」

一瞬ならともかく一定以上の時間、召喚魔法で己の肉体を覆って動き回るなど正気の沙汰ではない。魔法の構成に肉体情報を介在させることになる上、それこそほんの些細なミスで、身体が爆ぜかねないリスクを伴うのだから。

（だからこその適性なんだろうが、いったいどんな資質があれば可能になるんだか……レア体質にも程がある）

適性者の数だけなら、もしかすると魔眼保持者より少ないかもしれない。

「アルス様、それで違いとはどこにあるのですか？」

と、ロキが話題を引き戻す。

「召喚魔法を纏う方法とやらについては、概念を知ってるだけで実際に詳しくはないんだが。そうだな、つまるところ身体の動きは構成式に依存するはずだ。発現中の魔法座標軸のコントロールも問題となるだろうな」

少々煮え切らないアルスの言葉に、ロキは珍しい、とでもいうかのように小首を傾げてみせる。アルスは小さく肩を竦め。

「いや、普通はそのはずだ、という話だ。……中にはフィアのように、それに近いものを超感覚的に成し遂げる奴もいるな、と」

座標軸の完全把握と精緻な魔力コントロールが物をいう氷系統の高位魔法【氷界氷凍刃《ゼペル》】のことだが、ロキは「はぁ？」と、今一つ腑に落ちない表情だ。

「ふふっ、そうですね。でも、それが彼女の長所で可愛らしいところではないでしょうか。いわゆる天稟の才、というものかも……」

ベッドの上のフェリネラは、それが本心なのかどうなのか、そっと口元を隠しながら微笑む。いずれにせよ、テスフィアがときに常軌を逸した偉業を無自覚にやってのけるのは事実だ。学業成績は至って優秀ではあるが、普段は天然ボケっぽい言動が少々目立つ赤毛の少女だけに、まさに馬鹿と天才は紙一重という好例だろう。

「さすがに過大評価だろ。とはいえ、氷系統魔法でもその手が使えるなら、身体能力は飛躍的に跳ね上がるだろうし、強力な防具代わりにもなる。今後の戦いにおいて、大きな武器になるかも知れん。氷系統じゃ相性が悪いけどな」

次いでアルスはフェリネラが先程披露してくれた【魔装】にも言及する。

「だが、フェリの【魔装】は違う。現に成立し、俺もこの目で確かめたわけだからな。ざっと見て取っただけだが、あれは原理的には多分……」

そこでいったん言葉を止め、ちらりとフェリネラに窺うような視線を向ける。彼女は無言で頷き〝解説〟の許可を出してくれたので、アルスは続けた。

「見た感じだと【魔装】は確かに魔法の一種に近いが、既存のものとは役割や特性が異なる。例えるなら魔法というより仮想AWRだな。いや、現象として現出してるんだから仮想というのもちょっと変だが……とにかく、従来のAWRが果たしていた魔法行使の補助具的役割から、さらに一歩も二歩も踏み込んでいる。魔力情報の処理という次元において、ほとんどAWRを身体と一体化させている、という感じか。こうして直に見た後でも、解せない点はあるがな」

鋭い視線とともに発されたアルスの指摘に、フェリネラは一瞬はっとしたように表情を強張らせた。そして驚愕を押し止めるために一拍だけ間を置いてから、おもむろに答える。

「もう、そこまで原理を把握されているなんて。本当にアルスさんは、お父様にはアイデアの一端を提示しただけなのですか？　もしや【魔装】についてすでにご存じだったり」

「いや、本当に詳しくは知らん。そうだな、しいて言うなら古書で似たような魔法技術についての記述を見たことがあるだけだ。もちろん名称は【魔装】とは異なっていたが」

あらゆる文献を読破してきたアルスだが、その古書の記述においても「アイデア自体は奇想の域を出ないが」と、但し書き付きでの紹介に留まっていたと記憶している。

「そうですか、なら加えてもう一つ。この【魔装】はソカレント家の継承魔法として秘匿されている秘技ですが、他の系統にも存在する可能性があるんです。お父様は以前、【魔装】に関して【最古の記述《レリック》】について調べた時、その点に気づいた、と漏らしていたことがありましたから」

「他の系統にも……？　いや、そうか。系統ごとの得手不得手はあれど、召喚魔法や何かを身に纏わせるタイプの魔法が、絶対的に行使できない系統というのは理論的には存在しない。それならいっそ、全系統に【魔装】があってもおかしくはないわけだ、が……」

独り言のようにつぶやいたアルスは、ここで一旦言葉を切ると、改めてフェリネラに向き直り。

「フェリ。確か卿は、いつまでもその秘密を独占する気はないと言っていたな？」

「はい。いわゆる他貴族家でいうところの、門外不出の継承魔法とは扱いを変えるつもりのようです」

「でもそれは、貴族の特権を放棄することになりはしませんか？」

ロキが驚いたようにいうとフェリネラはにっこり笑って。

「ロキさんのいう通りね。でもその点で言えば、お父様はあの通り奇特な人ではあるから。ちなみに、近いところで言うと火系統と水系統に関する【魔装】の【レリック】が見つかっているから、研究が進めばその二系統については、いずれは実現する魔法なのよ」

「そうなのですか……」

「ちなみにソカレント家が有しているのは、先程見せた通り風系統の【魔装】よ。ただアルスさんが看破された通り、風系統であっても誰もが使えるわけじゃないし、いくらお父様が融通を利かせたところで、【魔装】自体はそこまで一般化された魔法技術体系にはなり得ない、と思われるわ……残念ながらね」

「どうしてです⁉」

食いつくようなロキの疑問に、今度はアルスが答える。

「特徴として、魔法式の独自性が異様に高いからだろう。俺が見たところ、フェリの【魔装】は基礎式からして完全オリジナルに近い」

【レリック】は基本的には太古の文字で書かれた魔法式であることが多い。それが【失われた文字《ロスト・スペル》】である。【不死鳥《フェニックス》】のように【レリック】から復元した魔法は現代の魔法体系とは些か異なる。所謂【古代魔法】と呼ばれるものだ。

何故そんなものが出土するのか、誰もこれに答えられる者はいないだろう。しかし、【レリック】も完全な状態で発見されることは稀なため、暗号のような【失われた文字《ロスト・スペル》】を解読して、補足し現代の魔法式に置き換えることで復元できるのだ。

「【魔装】は不完全な【レリック】にあった魔法だったんだろ。分かりやすく言うなら、通常の汎用性のある魔法みたいに、式の構成において〝系統が分かれていても使いまわせるような基礎部分〟がほとんどないんだ。それこそ系統ごとに完全に別個のルートで、一から式の完成度を追求していかなきゃならん。式に一定の共通部分がないなら、加速度的にその組み合わせや必要な試行回数は増えていく。俺がアリスに希少な光系統の新魔法を制作したときですら、系統式以外の部分は使いまわしの定型を用いていた。それがなければ式の完成への道のりは、識者が頭数をがっつり揃えて研究しても十数年、下手をすると数十年はかかるかもしれん、それくらいに別格の技術なんだ」

　登山に例えるなら、普通の魔法体系というのは、基本の登山ルートがある程度出来上がっている状態である。だから途中までは乗り物で楽して登り、最後の山頂までは徒歩で、というやり方が可能となる。その点、【魔装】は全く状況が異なる。

　登山ルートの設定はおろか、山の頂上がどこにあるのか、はたまた本当に自分達が登るべき山はここなのか、ということすら曖昧な状態から、文字通り全てが手探りのスタートとなるのである。

「だとすれば、ヴィザイスト卿は、この短時間でどうやって成し遂げたのでしょう？　現に、風の【魔装】は完成して……」

「普通に考えれば不可能だ。こういうのは正解を見つけるとあっさりできてしまうこともあるしな。後は多分アプローチからして違う方法か……」

アルスが言葉を濁したのは、ちょっとした懸念があったからだ。このアルスの予想が当たれば、本格的にソカレント家の秘密に触れることになってしまう。そうなれば、ちょっとばかり面倒そうな状況に踏み込むことになるはずだ。

そう、アルスは以前、フェリネラからこう宣言されたことがあるのだ。

「篭絡しても、構いませんか？」と。しかも、どうもあの豪快親父までもがそれに積極的となれば、アルスの旗色はいささか悪い。

彼女との婚姻の決定打とまではいかなくとも、少なくとも外堀を埋められる口実になるだろう。一家の秘密を知ってしまった者は、いっそ家に取り込んでしまうのが一番の妙手なのだから。

そんなアルスの懸念を「うがち過ぎですよ」と払拭するように、フェリネラはにっこり笑った。

「簡単に言ってしまうと、式の中に自分の系統式を含む魔力情報を蓄積させてしまうのです」

そう、フェリネラは至極あっさりと核心部分を説明し、それきり口を噤んだ。それ以上を一言も述べないあたり、嫌味にならない程度に、ごく自然な形で開示する情報に線引きをしていることが窺える。それは拒絶というよりも、貴族令嬢たるフェリネラなりの上品な配慮であろう。

「ありがとうございます、フェリネラさん」

それを察したロキも素直に頭を下げ、彼女の配慮に礼を述べた。無論、畑違いの風系統の、それも超絶的な領域の魔法技術である【魔装】について事細かに専門用語で説明されたところで、ロキには理解できなかっただろう。

「なるほどな、以前ヴィザイスト卿が俺に相談を持ちかけてきたのは、その辺りの実現性を探るためか。確か『系統絞り』……そんなことを言っていたな」

アルスは、それを実現させるためのアイデアを確かにいくつか挙げた覚えがある。先に述べたように、そのうちいくつかは【レリック】とは異なる別の古書の記述からヒントを得たものではあった。ちなみに「系統絞り」というのは、魔法師の育成方法における、とある独自手段を示している。そしておそらく、この場ではアルスとフェリネラのみに通じる、一種隠語じみた表現でもあった。

「はい。実は私、魔法を学び始めた歳には、系統を完全に絞っていました。使用する魔力の系統を厳密に風系統のみに限定したんです。さらに【魔装】を習得するため、小さい頃から魔力情報を特殊な手段で蓄積させ、徐々にコントロールしていくという方法も使って……」

そして、改めて辛い過去の日々を噛み締めるようにフェリネラは吐露する。

「正確には、魔力的な意味での体質そのものを変えていく方法ですね」

柔らかな口調とは裏腹に、それはかなりの苦痛を伴う工程であった。

精緻な理屈の積み重ねだけでなく、それとは正反対の常軌を逸した発想力による理論的飛躍も、新たな魔法を生み出す上で有用なアプローチである。

【魔装】という特殊な魔法を習得する上で、フェリネラは体の魔力経路を一度破壊し、再構築していくという異常な手段を取った。

ときに、片方の眼を失った者の残された眼に備わる視力が、異様な発達を見せることがあるが――それと同様に、自らの魔力を形作る経路に故意に損傷を与え、それを強引に再生させつつ以前以上に活発に機能を補わせることで、フェリネラはそれを為した。

いわば、備え持っていた魔力の資質自体を強引に変えたのだ。その施術を始めるのは若ければ若いほど良いとされるが、当初、フェリネラはすでに十歳を数か月越えてしまっていた。それ故に襲いかかる苦痛は、まさに想像を絶するものとなったのである。

あくまでもにこやかにフェリネラは語るが、アルスは複雑な表情にならざるを得ない。その秘法の成り立ちを理解してしまった故に、その裏にあるフェリネラの暗い日々や苦痛について、容易に察することができてしまったからだ。

「先ほどお見せしたように、【魔装】はあくまでも着衣です。それも体内魔力と密接な繋がりを持って顕現した、魔力的パーツの集合体とでもいいましょうか」

「つまりは、【魔装】は体内の魔力経路の一部と、直結してるわけだな」

念を押すかのようなアルスの言葉にコクリとフェリネラが頷き、寧ろ話しやすくなったばかりに、さらりと語り出した。

「はい。魔力針を用いて、身体に縫い付けていくんです。これが、なんと言っても大変でして」

ゴクリと喉を鳴らすロキ。それは「大変」どころかほとんど拷問ではないか、と思えるくらいに過酷な方法である。それでもスルーはできなかったのだろう、彼女は恐る恐る切り出す。

「えっと、魔力針というと、単に医療用の針と糸で皮膚を縫うのとはまったく状況が違うのでは……？」

「そうね。例えるのが難しいのだけど」

そう言って、内緒話にでも誘うかのように、そっと口に手を当てるフェリネラ。そこにロキが耳を近づける。

続いて一応側で聞いているアルスの耳に、ささやき声ではあるが、「神経そのものに、異物を縫い付けていくような」という鳥肌が立ちそうなワードが飛び込んでくる。

そもそも、魔力に付随する痛みは、単純な痛覚から発するそれとは次元が異なる。まさに魂を引き裂かれるとも表現されるような、人間にとって最大級の苦痛を伴うとされているくらいだ。それは多分、心が弱い者ならいっそ気が触れてしまうほどの痛みではなかったか。

「そういうわけですので、【魔装】といってもそう簡単に身につけられるものではないの」

ロキは何とも微妙な表情を浮かべつつ「なるほど」と相槌を返して、所在なさげにフォークで突き刺した林檎の欠片を一つ、口に放り込んだ。

そんな中、アルスはしばし押し黙る。

愛娘であるフェリネラにヴィザイストがそれを課したのは、やむを得ない事情に迫られてのことだ、と理解できたからだ。

所詮はヴィザイスト一代による成り上がりの家、初期には貴族社会でそう陰口を叩かれることも多かったソカレント家である。それが三大貴族の一角を占める現在の地位まで上り詰めるまでには、確固たる力が必要だったのだろう。少女に背負わせるには、なんとも過酷な方法を用いてでも。

「アルスさんもお察しの通り、【魔装】の使用には代償があります。肉体の負荷と魔力情報の損傷……身体は休めばいいですし、後者も酷使し過ぎなければ、時間とともに回復の余地はあるのですけどね」

これは一時的にせよ、【魔装】そのものが自身の肉体および魔力情報とリンクしてしまうことが原因である。魂を燃やす、というと大げさだが、【魔装】はいわば身体の一部をAWRに置き換えるのに近く、文字通り身を削って奇跡を顕現させる秘技なのだ。

かつて学院を襲ったクラマの幹部、イリイスもまた皮膚に魔法式を刻むという荒技により肉体のAWR化を成し遂げていた。常人なら皮膚に魔法式を刻むことなど不可能に近い。刻めたとしても機能するのはせいぜい数日が限界であろうが、彼女の特異な肉体の性質がそれを可能としたのだろう。

「ああ、魔力情報の完全欠損までには至らない、それこそ再生可能な損傷程度で済ませるためには、使用時間が鍵になるんだろうな」

「はい」

頷くフェリネラに向け、アルスはやや渋面を作り。

「フェリ、お前が理解しているのかどうかはともかく、やはり言っておくべきだと思うから、ここではっきりさせておく」

アルスは目を細めつつ、何かを覚悟している様子のフェリネラに、真っすぐに告げた。

「【魔装】はつまるところ……魔法師生命を削っての、時間限定の超絶強化に等しい技術というわけか」

フェリネラは、その言葉の重みを明確に受け止めた様子で、こくりと頷いた。

「やはりアルス様も、そうお思いなのですね。実は、お父様もリスクについては研究させていたようですが、判然としないままだったのです。だからこそ滅多なことでは使ってはならない、と厳しく止められていたんです。あの時も、ほとんど無我夢中だったような気がします。まるで私の中から想いがあふれてきて、形になったかのような」

「なるほどな。フェリ、お前の実力は認めるが学院生で正式な軍人とは言えない身だ。それで歴戦の猛者であるミール・オスタイカを圧倒できたというのは、やはり気にはなっていたんだ」

ここでロキが、ようやく話に追いつけたというように、恐る恐る自分なりの解釈を交え、質問を差し挟む。

「あの、代償があるとはいえ、短時間の強化につながるというなら【魔装】は私の【身体強制強化《フォース》】と同じようなものなのでしょうか」

「いや、別次元だな。【フォース】は肉体を強化するが、【魔装】は魔法そのものを強化する。身体をＡＷＲ化し、超系統特化の状況を作り出すんだ」

魔法師にはだいたい系統適性というものがあるが、それでも他の系統をまったく使えないわけではない。例えばテスフィアならば、もちろん氷系統が得意とはいえ、他の系統も多少は使うことができる。それというのも魔法師が持つ魔力情報の性質には、それぞれ個々の偏りがあるからである。

そしてその偏りのバランスにより、適性系統、得意系統というものが生まれてくる。一つの系統を極め、それに属する魔法全てが駆使できる状態が適性１００％だとするなら、テスフィアの氷系統への適性は、70％ぐらいといったところ。だがおそらく【魔装】を纏ったときのフェリネラは……。

「潜在能力を引き出すなんて生易しいもんじゃない。恐らく【魔装】状態なら、フェリは自分の対応している風系統魔法なら最上位級を難なく使えるんじゃないか。適性でいうならそれこそ、１００％以上と言ってもいいかもしれん」

淡々とその凄みを語るアルスに対し、フェリネラは少々居心地が悪そうな表情で、頭を横に振る。

「いえ、さすがに魔法式の理解度の兼ね合いもありますし、風系統の魔法は実に多彩です。だから、全てを軽々と扱えるとまでは……。そもそも魔力量の問題もありますし」

とはいえ、ミールを倒した【新生害気《ファースト・マテリアル》】は最上位級から極致級に分類されるであろう魔法だ。が、フェリネラはその驚異的な魔法を「使いこなせる」などとはとても言い切る自信はない。

そもそも【魔装】はドーピングにも近い概念だ、と生真面目な彼女は考えている。しかもミールとの戦闘時、顕現したその形は……秘めた想いがストレートに表れたもの、フェリネラの乙女心の結晶とでもいうべき花嫁衣装だったのだ。

彼女とて十代の乙女なのだから流石に年甲斐もなく、とまでは考えないが慎み深くあるべき貴族令嬢として、あそこまであからさまな内面の露出をどこかで恥ずべきものと考えている自分もいた。

しかもその代償が、いかにも大きすぎる。実際ミールとの戦いで短時間使用しただけで、フェリネラは一か月近くもベッドで過ごすはめになり、しばらくは通常レベルの魔法の使用もおぼつかない状態だ。そう、実を言えば彼女がここにいるのは、戦いによる単純な負傷のためだけではないのだから。

「ふ、ふぅん……なるほど、ようやく理解できました。【魔装】というのは本当に桁違いの秘術なのですね」

フェリネラのそんな内面の葛藤を知ってか知らずか、ロキは溜め息をつくように呟くと、ハッと気づいたようにちらりとアルスの横顔を見上げる。次には再び、将来の手ごわいライバルたるベッドの上の令嬢に視線をやり、咳ばらいを一つ。

「コホン、えっとですね、ちなみに私も先日、極致級に匹敵する魔法を習得した、のですが……！」

それとなく張り合うように口に出すが、果たしてフェリネラにその意図は通じたのかどうか。

「まあ、それは本当に凄いことね！　ロキさんの順位だと、ついに二桁の上位に届くんじゃない？」

両手を打ち合わせるようにして微笑むフェリネラに逆に持ち上げられてしまい、寧ろ居心地が悪そうに頬を赤らめるロキ。だが、実際はそう単純な話でもない。

アルスを頂点とするシングル魔法師は別格にせよ、三桁、四桁ぐらいの領域においては、ランキングの順位は実のところ、実力を測る上での目安程度のものだ。それでも学生レベルならば絶対の物差しにはなるだろうが、真の強者との戦いにおいては、それがもはや通用しないことをアルスもロキも知っている。現に、イリイスをはじめとするクラマの幹部級や、ダンテにミールといった凶悪魔法犯罪者どもは、それらのランキングでは到底測れない、影の世界の実力者と言ってよい。

さらに、その変動において最大の要因となるのは、魔物の討伐数や倒した相手の格である。外界に常駐しているわけでもなく、学院に生活の主軸を置いているロキに関しては、急激な上昇など見込めるはずもないのだ。

だが、この場でそんな話を持ち出すのは、野暮な横槍というもの。嫌味の全くないフェリネラの誉め言葉の前に、次第に天狗の鼻が伸びてのぼせ上りつつある銀髪のパートナーを、アルスはあえて無言で見守ることにする。

「本当に凄いわぁ、ロキさん」「いえいえ、それを言うならフェリネラさんこそ……！」

いつしか不毛な持ち上げ合戦が始まってしまったが、少女二人、かつてと同じように朗らかに談笑するフェリネラの姿がそこにはあった。入院生活の間は同年代の話し相手に恵まれなかったせいか、彼女はいかにも嬉々としてガールズトークに興じているようだ。

とはいえ放置しておくと一向に終わりそうになかったので、ここぞというタイミングを計り、アルスはあえて無粋に切り込んだ。

「それはそうとフェリ、ヴィザイスト卿から何か聞いているか？　モルウェールド絡みの件について、調査をアフェルカから引き継いだと聞いたんだが」

しかし、フェリネラは申し訳なさげに首を振って。

「すみません。例の襲撃事件の後はずっと入院生活だったもので。お父様とはしばらく会っていませんし、こちらからの連絡も難しいかと」

それは基本、かつて彼の部下であったアルスも知っていることであった。任務に一途で公私混同はしない男というか、諜報活動中のヴィザイストと連絡を取るのは家族でも至極困難である。愛娘が入院中であろうとも、そのへんは変わらないらしい。

「相変わらず、か。ま、いい……もしかすると情報共有ぐらいはしてるかも、と思っただけだしな」

「そうでしたか。もしかしてそれは貴族の裁定、【テンプラム】のことでしょうか？」

「ん、そっちは耳に入ってるのか」

アルスの意外な顔が面白かったらしく、フェリネラは花が咲いたように笑う。

「ふふっ、久しぶりの【テンプラム】の事ともなれば、さすがに話題性は抜群ですから。表立って情報が流れてるわけではないにせよ、耳ざとい貴族なら皆、成り行きを注視していると思いますよ。ましてや今回は三大貴族のうちの二家が対峙するというのですから、注目を浴びるのは必然です」

ウームリュイナとフェーヴェル、それぞれに対して極端な庇護や敵対とまではいかなくとも、何かしらの利害関係を持つ貴族達はかなりの数にのぼる。

日和見するもの、積極的に肩入れしようとするもの、形は様々だがまさにアルファの貴族界全体が揺れ動いている状態だ、とフェリネラは語った。

「そこに、アルスさんも絡むというなら尚更……いっそ存分にやられてはどうですか」

その言葉と同時に、フェリネラの顔からふと一瞬だけ、あらゆる表情が消え去った。ときに彼女がのぞかせる冷徹なポーカーフェイス。それは彼女が、ただの優等生の貴族令嬢に留まらない資質を秘めていることを示すものだ。

アルスはその言葉に対し、僅かな苦笑を漏らすに留めた。

「元よりそのつもりだったが、フェリの口から出るとは意外だな。ソカレントはこの点については、中立的な立ち位置かと思ったが」

二つではなく三つ、というアルファ三大貴族家の数には、それなりに意味がある。三すくみとまではいわないが、それらの家は互いに絶妙に作用しあって、政治のみならず内外のいろんな部分で国体のバランスを取っているのだ。

すると、心の奥底まで見通そうとするようなアルスの視線から逃げるように、フェリネラはふと窓の方へと顔を背けた。

「【アフェルカ】から始まる一連の事件にウームリュイナ家が関与していることは、もはや疑いようもありません。言うなればあの家はアルファの未来を支えるべき貴族の家として、もはや一線を越えてしまった。もう、早々に決着をつけた方がよろしいかと」

【アフェルカ】の暴走というだけなら、まだ内々に処理もできただろう。しかしアルファに脱獄囚を引き入れたことまでがウームリュイナの手引きだというなら、結果的にその咎はとても償えないほどに大きい。

その結果、学院に死傷者まで出す惨劇を生み、フェリネラ本人だけでなく、果てはその愛すべき後輩たるテスフィアやアリス、彼女の学友達まで巻き込んでいる。ウームリュイナの愚行は、彼女らにすぐには癒えない深い傷を負わせたのだ。

もはや貴族界うんぬんのスケールを越えて、アルファという国が猛毒に侵されているに等しい。

そんなフェリネラの平坦な声は、アルスの耳にすっと入ってきた。

「だな、【テンブラム】も今や、俺一人の出処進退といった話じゃなくなってきたしな」

貴族出身者ではないアルスでも、フェリネラの言わんとしていることは分かる。

元王族であった大貴族としての外面はともかく、その内実で言えばウームリュイナは、もはや追い詰められた獣も同然。そして逃げ場を失った手負いの獣は、どんなに汚れた毒の血をまき散らしてでも、最後の反抗を試みるだろう。

だとすれば決定的に全てが損なわれないうちに、誰かが止めの刃を振り下ろさないといけないのだろう。

しかし実のところ、アルスの見方はそんな善悪や美醜といった一般論など越えたところにある。いうなればアルスは単純に――【テンブラム】という奇妙な代理戦争めいた遊戯に、興味を持ち始めていたのだ。

その片方に陣取っているのは、もちろんウームリュイナの次男であるアイルだ。そしてアルスの知性や洞察力をもってしても、あの少年にはどこか読み切れない部分がある。

恐らく彼は、モルウェールドのようなただの俗物ではないだろうという直感がある。可能ならばあえて彼と同じ闘技場に踏み込み、その奇矯な思考が指し示す先を見てみたい気もするのだ。

いかにも形式じみた旧貴族の遊戯、アルスからすれば埃にまみれた過去の遺物にも思える【テンブラム】という盤上に、彼がどんな謀略を載せ、いかなる思惑を紡いでいるのか。

単純に、手負いの獣をわざと追い詰めて愉しむ猟師、というような心境でもない。

アルスが求めるのは、得体のしれないものへの理解と把握だ。あの少年が秘めているねじれた人格の奇妙さ、相反する資質が危ういバランスで同居しているような複雑さ、そういったものに興味がある。

とはいえ、彼らの愚行に正義の鉄槌を下す者が必要なのも理解できる。理解はできるが、同時にその役割を自分が担うべきでないだろう、ということも分かっている。

自分は正義というものにおよそ興味がない。その執行者を気取るつもりもなければ、熱意も資格もない。

加えてアルスからすれば、アイルという少年は興味の対象であるとともに、妨害者でもある。せっかく時間を費やして育成したテスフィアという成果物を奪おうとする略奪者。

それは正直不快であり、防ぎたい気持ちがある。

その動機はどこか幼ささえあるシンプルかつ無責任なもので、子供がお気に入りの玩具を奪おうとするよそ者の手を、反射的に振り払うのにも近いだろうか。そこさえ果たせれば、後のことはどうでもいいのだ。

とにかく今のところ、アルスの【テンプラム】に対する態度は、そういったごく個人的ないくつかの要素や心理が、複雑に絡み合って成立しているだけと言っていい。

だから。

「あまり期待はするな。そもそも俺の柄じゃないし、なんというか、そこまで俺がやるべきじゃない」

自分で説明するのも面倒な込み入った心情の半面、貴族社会のいざこざに巻き込まれたくない、といういつもの分かりやすい動機もあって、アルスは再び渋面を浮かべる。そんな彼に、フェリネラは楚々と微笑む。

「もちろんです。私はせめて、ここから応援させていただくことにしますね」

「ああ、フェリはゆっくり療養しておいてくれ、いずれ朗報が届くだろうからな」

お待ちしております、とばかりにクスリと笑ったフェリネラに、これまたお決まりの「病人に無理をさせるのも悪いから、そろそろ行く」という言葉をぶっきらぼうに投げかけてから、アルスはロキを連れ、そそくさと退出した。

そして――次にはフェーヴェル邸へと足を向ける。そこでは来るべき【テンプラム】に備えた、いくつかの準備が待っているはずだった。

第95章「一族の悲願」

人類の生存圏内を照らす人工の擬似太陽――それがまだ頂に届く前、アルスとロキは転移門を潜った。

事前に帰省するテスフィア一行に自分達の荷物を預けてあるので、二人は極めて軽装だ。せいぜい外出用程度のバッグを一つ、ロキが下げているだけである。

フェーヴェル家に着けば、まずは当主への挨拶をすることになる。やはりアルスが予想外に深く関わることになってしまった以上、今回の一件では改めて事情説明が必要だろうと考えてのことだ。

学院の講義も欠席する羽目になってしまったが、そもそも【学園祭】の振替休日なども駆使しているし、あまり出席率のよろしくないアルスには今更であろう。そもそも理事長のシスティには多大な貸しがあるので、進級に致命的なダメージはないとたかを括っている部分もあるが。

いくつかの転移門を乗り継いで、一番最後のそれに乗り込むと、施設内でちょうど一歩分ほど、ロキが身体を寄せてきた。互いに近い方が転移に必要な情報を早く正確に抽出できるのは事実だが――ロキの表情は、どうも何か物申したげだ。

肩と肩が触れ合わんぐらいの気づかわしげな距離感は、再び貴族絡みの騒動に巻き込まれた形のアルスの身が心配だという内心の表明でもあるだろう。それでも言葉には出さないあたり、彼女なりの気遣いでもあるのだろうと、アルスもあえてそのまま、ロキの好きなようにさせておく。

黙ったままのロキの横顔にアルスがチラリと視線を走らせた瞬間、周囲の景色がたちまち一変。転送施設から一歩足を踏み出すと、アルファの中心部では見慣れない、広々とした郊外風の閑静な風景が広がる。

目の前まで伸びてきている魔動車専用のロータリーは実に広く、それだけで富裕な貴族や上流階級御用達の設備であることが分かる。

アルスは内心で舌打ちをしたい気分だった。生活が便利になることは好ましい一方で、それらの恩恵が上流階級に独占され、一向に庶民の領域まで行き届かないことには、不満の一つも言いたくなる。

それもこれも、やはり内地の構造がそうさせている。アルファ内でも、魔物の脅威と外界から遠ざかった比較的安全な階層は「富裕者達が住むエリア」が転じて、そのまま富裕層と呼ばれていることからもそれは明白だ。アルファの誇る強力な軍隊が存在するとはいえ、持たざる者は自然と外界に近い場所に追いやられることになる。

そう、この辺りは歩くだけでも、残酷な現実社会の仕組みを学ぶにはもってこいの場所だ。ここから内地の中心たる【バベルの塔】に向かう道程の周囲に広がる光景は、まさに障壁ぎりぎりのエリアなどとは別世界なのだから。

今も、ターミナルには身なりの整った者達ばかりが行き交い、豪奢な魔動車が走り抜ける脇で、混雑とは無縁の広い遊歩道を品よく着飾った人々が優雅に歩む姿が見られた。

「アルス様、ここから先は……？」

「うっかりしていた。だいたいの到着時間くらいは知らせるべきだったか、そうすれば迎えの車ぐらいは来たかもしれん。とはいえフェーヴェル家は何度か訪問して場所は記憶してるし、いっそ走っていくか？」

確かに、それも一つの手だろう。この二人ならば、走った方が下手な魔動車より数段速いのも事実である。

「あ……すみません、私、今日は余所行きの靴を履いてきてしまいまして……」

そんなアルスの問いに、ロキは申し訳なさそうに身体を小さくして答えた。

見るとロキは、ヒールの付いたパンプスを履いている。見た目の品こそあるが、これではとても強行軍には耐えられないだろう。

「いや、俺も悪かった。少し待つことになるが、フィアに連絡を取るか」

いくつかある服やズボンのポケットに手を入れライセンスを探すが、性格上、いつもその手の物をぞんざいに扱っているツケが回ってきたのか、どこにも手応えがない。他に荷物を持っていないので、おそらくテスフィアに先行して預けた荷物に紛れてしまっているのだろう。

渋い顔で記憶を辿るアルスと、ちょっとばかり呆れた視線を向けるロキ。そんな二人の元へ、いずこからともなく救いの声が届く。

「アルス様、ロキ様！　お待ちしておりました！」

待ち人が現れて焦ったような、安堵したような女性の声が、不意に背中側から飛んできた。二人がさっと振り返ると、小走りにこちらへと駆け寄ってくるメイドの姿が目に入る。常に冷静沈着な執事のセルバに比べると、彼女の何とも人の好さげな笑顔は、どこかその主に似て、子供っぽさやあどけなさが強い印象を受ける。彼女は確か、テスフィア専属のメイドだったか、と記憶を辿るアルスだったが。

「ミナシャさん、こんなところでどうしたのですか？」

人の名前を覚えるのが苦手なアルスに代わり、ロキが一歩前に出て、そう問いかける。

「何を仰っているんですか、お二人をお待ちしていたに決まっています」

ミナシャはぺこりと身体を折って簡単な挨拶を済ますと、「一先ずこちらへ」と先導するように踵を返した。

「ありがとうございます。ただ、俺達の到着時間はフィアには教えていなかったはずですが」

訝しげなアルスに、ミナシャは振り返ってにこにこと言う。

「ですから、当主様からここで待機しているように、と仰せつかりました」

ん？　と首を傾げるアルスに向け、ミナシャは相変わらず人の好い笑みを浮かべて。

「どうぞ、お気になさらず……せいぜい二時間くらい、といったところでしょうか」

いくら命令とはいえ、こんな娯楽どころか店の一つもなさげなところに二時間とは……

絶句するアルスだったが、その表情を気にした風もなく、ミナシャはそのまま道を渡り、二人を駐車場へと案内してくれた。

それからおもむろに、何度か乗った覚えのあるフェーヴェル家専用の高級魔動車のドアを開けると、にこやかに声をかけてくる。

「どうぞ、お乗りください」

ロキ、アルスの順に後部シートに乗り込むと、続いて運転席から、バサッと何かをたくし上げる衣擦れの音が聞こえた。長丈のメイド服のまま運転するわけにはいかないのだろうが、そこはあまり想像しないことにしておく。

「フェーヴェル家のメイド……特にあいつの世話係となると、どうにも大変そうですね」

どっしりしたシートに腰を落ち着かせ、世間話がてらそう水を向けると、運転席からミナシャの楽しそうな声が返ってくる。

「傍からだとそう見えるかもしれませんが、やり甲斐は十分ですよ。常に仕事はたくさんありますから」

「でしょうね」とアルスは彼女が仕える主人――テスフィアを思い浮かべて納得する。

やがて、静かなエンジンの駆動音と車底部に魔力の流動を感じると、車窓の外の景色がゆっくりと動き出す。

しかしそれも束の間、広い公道に出た途端、アルスとロキが背中を引っ張られるかのように感じたほどの急加速が始まった。

思わず二人は顔を見合わせた。魔力を動力源とする魔動車の基幹システムがフル回転し、凄まじい唸りを上げているのが、シート越しにもひしひしと感じられる。

さしものアルスでも、これには穏やかでない気分にさせられた。本当にブレーキ一つの踏み遅れ、ハンドルさばき一つの間違いで、疑いなく大事故を起こしかねない圧倒的な速度だ。

「ミ、ミナシャさん、運転免許のほうは……？」

思わず尋ねてしまったロキの心情も察せられるが、エンジン音で聞き取れなかったらしく「はい？」と間の抜けた声とともに片耳に手を当てつつ、ミナシャは後部座席を振り返った。

あろうことか、ハンドルから片手を離した上のよそ見運転である。

「前、前っ！　前を向いてくださいっ！」

顔面蒼白となったロキの叫びに、ミナシャは今更気づいたように前へと向き直ると、小さくぺろっと舌を出した。

「そうでしたね。慣れた道なので、ついつい失礼いたしました」

慣れた道だからこそ危ないのだと、アルスも思わず突っ込みかけるのをあえて我慢する。まあ最悪、何かあればドアを蹴破って逃げることもできるだろう。さすがに運転席にいるミナシャの面倒までは見切れないが。

それからどれくらい時が過ぎたか。

地獄のような乗車時間からようやく解放されたアルスとロキは少し悪くなった顔色のまま、眼前に広がる巨大なフェーヴェル邸を、ほとんど睨むようにして見つめる。その傍ら、ミナシャはあくまで涼しい顔で門柱のベルを鳴らしに歩いて行った。

（なんの嫌がらせだ。まったく、随分なおもてなしをしてくれたもんだ）

多少冷や汗をかきながら眉間を揉むアルスの視界に、すうっと皺一つないスーツの裾が映り込む。

「はぁ……そのご様子ですと、ミナシャはやってしまいましたか。アルス殿、申し訳ない。くれぐれも運転は慎重にと言い聞かせてから送り出したのですが」

謝罪の言葉とともに、深々と白髪頭を下げたのは、執事のセルバである。その言葉にハッとしたように、ミナシャが飛びあがる。

「あっ！　わ、私、お二人を待っている間にセルバ様の言いつけをすっかり忘れて……す、すみませんでした!!」

まあ、目的地に到着しただけでも良しとすべきなのだろう。文句を言っても、今更である。

「フォッフォッフォ、お二人をご案内した後でしっかり言い聞かせておきますので、お許し下さい」

「別に良いですよ」

セルバは、恐縮しきった様子のミナシャに車を車庫に回すようごく手短に指示すると、代わってアルス達を先導するように、玄関の大扉を開けてくれる。

「ふぅむ。お嬢様のお世話をするため学院に派遣したものの、やはり心配ですな。あの二人は上手くやっておりますかな？」

完全無欠の執事には似つかわしくない心配顔で訊ねられ、アルスはしばし返答に迷う。

セルバが「あの二人」と言ったからには、この前学院にやってきたミナシャに加え、あのヘストのことも含まれるのだろう。何しろヘストは、実質的にはほとんどメイドの格好をしているだけの暗殺者だ。絶望的に無愛想な上に、誰よりも素早い実力行使と場の制圧行動が得意という逸材である。

（しかもセルバさんの不安は的中してるわけなんだが、どう答えたものか）

先にアルスが、テスフィアとアリスに施した魔力器拡張訓練――その訓練中に乱入した他国の調査官を、ヘストは危うく殺害しかけている。アルスが代わりに鎮圧したことで事なきを得たが、一歩間違えれば国際問題となり、フェーヴェル家の威信にも大きな傷を付けていたはずだ。

「そうですね、まあ、ちょっと力加減の調整は苦手なようですが」

「恐縮です。その節はお手数をおかけしたようで」

「ああ、ご存じでしたか」

苦笑ぎみのアルスの言葉に、好々爺然として微笑みつつも、セルバはしっかり頷き。

「いやはや、ヘストがあそこまで不器用だとは。ちなみに、アルス様にご迷惑がかかることのないよう、フェーヴェル家でもすでに手を打っておりますので」

とはいえ、同時にベリックも事態収拾に動いていると伝えてきた以上、二重の意味でアルスは心配していないが。

（やはり死者が出ていないのが幸いだったな。寧ろあの一件より、今はどっちかというと別の心配事の種のほうが大きいが）

それは、突然現れた例のクウィンスカ博士をめぐる事後処理のことである。彼女についてはまず、研究用として求められたアルスの血液サンプルと一緒に、今後の隠れ家についての資金提供をしたばかりだ。

当面は彼女の身柄を匿いつつ、その研究費用をも捻出してやる上で、ベリックや元首シセルニアの目をどう誤魔化すかが問題だったが、そこについては意外にもというべきか、クウィンスカ博士はかなりの手練れだった。手慣れた様子で幾つかの架空口座とダミー会社を噛ませた上、最終的な支払い名目はアルスの研究資材の購入費用という形で落ち着かせれば、という有用な提案をしてきたのである。

確かに、魔法関連の古書や貴重な魔法鉱物資源の価格は、物によってほとんど青天井方式と言えるほどだ。だからこそ、アルファ最高峰のシングル魔法師であるアルスの個人資産から多額の金が動いたとしても不自然に思うまい。実際過去にアルス自身、ＡＷＲ研究などに天文学的な額を注ぎ込んでいるのだから。

（彼女の研究は【アカシック・レコード】絡みだというが、まだ分かっていないことのほうが多いくらいだ。たとえそこから推測できる未確定情報一つとっても、公にすると事が大きくなりすぎるリスクがあるからな）

【アカシック・レコード】は、まさに現代のパンドラの箱だ。下手をすると、人類の生存圏を保っている常識や、この世界の均衡すら揺るがしかねない。今のところは、アルス個人の管理下に置いておいたほうがいいだろう。

移動の合間にアルスがそんな風に考えを巡らせていると、セルバがふと、耳打ちするかのように声をかけてきた。

「それはそうと、差しでがましいのですがフローゼ様にお会いする前に、私より一つご確認させていただきたく。その、先にお嬢様の身に起きた〝事件〟についてですが……」

アルスは、少しばかり目を細めた。

疑いなく、例の魔力器拡張訓練のことだろう。ヘストに口止めは頼んでおいたものの、彼女の立場を考えると、半ば予想通りの言及であった。不器用なヘスト自身、当主から直接訊ねられれば拒否できないと前もって言っていたからだ。

もちろん、あれがどういう類いのものだったのか、詳細な内容についてはヘストには理解できていないだろう。実際体験したテスフィアですら、第三者に的確に説明することは不可能だろうと思われるのだから。

「ええ、一定の成果はありましたよ。まあ貴重な素材が必要ですし危険も伴いますが、あの二人なら、と俺にもそれなりの確信はありました。いずれにせよ、誰に対してでも繰り返しやれるような単純な代物じゃないですけどね。もしそうだったなら今頃、7カ国中に急成長した魔法師が溢れかえり、外界の魔物どももとっくに駆逐され尽くしてるはずですから」

「ほう……」

今度、目を細めたのはセルバの方だった。

「それはようございました。だいぶ落ち着かれたとはいえお嬢様には、まだまだどうにも軽率な部分がありますからな。多少なりともリスクも存在した以上、万が一があれば私はフェーヴェル家の執事として、断固たる態度と行動を示さねばなりませんでしたから。たとえ相手がアルス殿とて……」

セルバの眼光が鋭くなると同時に、すうっと周囲の温度が下がっていくように感じられた。アルスはどうにもかなわんとばかり、思わず小さく首を縮める。

そこにすっと割って入るように、それまで無言だったロキが身体を滑り込ませてくると、そっと口を差し挟んだ。

「私ごときが僭越ですが、全てはあのお二人の資質を認められてのことかと。それに、向上心の強さも……アルス様は、決して無理強いされたわけではありませんので」

あくまで口調は丁寧だったが、その声音には何かあれば一命を賭してアルスを護るという断固とした決意が含まれている。柔らかな刃にも似たそれはセルバにも確実に届いたはずだが、この老執事はそれを造作もなくふわりとした微笑と共に受け止めた。

「ええ、分かっておりますとも。先程の物言いは、あくまで私の立場をご説明しただけのもの。仮に【テンブラム】がなくとも、お嬢様が魔法師の道を歩んでいかれる以上、心身ともに強くなっていただかなければ困りますから……。実際のところ我がフェーヴェル家は、アルス殿にまたも返しきれない恩ができたと考えております。心よりお礼申し上げます」

「お構いなく、勝手にやったことです。今回も」

アルスはあえてそんな風に、そっけない言葉を返すのみに留める。できれば【テンブラム】が終わった後までも、フェーヴェル家に妙な関わりを持ちたくはない。そんなアルスの内心を知ってか知らずか、一度深々と折った腰を元に戻すと、セルバはふと何か思いついたように。

「いや……考えてみれば今回の一件、寧ろお嬢様に多少は何かあったほうが良かったのかもですな。そもそもの発案者殿に、責任を取っていただけた可能性がございますので」

ふぉっふぉっと冗談とも本気ともつかない雰囲気で笑うのだから、アルスとしては苦虫を噛み潰したような顔にならざるを得ない。

そうこうするうちにも幾人もの使用人らとすれ違い、いくつかの扉をくぐり抜けて、アルスとロキはついに、とある一室へと通された。

それは、学院の寮でいえばたっぷり三部屋ぶんはありそうな広さの、実に豪勢な一室だった。ドアの造りから察するに隣にもう一つ、これもかなり大きな部屋が付いているようで、高価そうな絨毯の上には、よく磨かれたひじ掛け付きの椅子が置かれている。セルバはそれに掛けるよう、二人に勧めつつ。

「アルス殿、ロキ様、ここが当家にご滞留いただく間のお部屋です。まずはここがアルス様の、続いてドアを隔てた隣がロキ様のお部屋となっております。先にお預けいただいた荷物は、すでに各部屋のクローゼットに運び入れ済みですので、ご安心くださいませ」

二人が揃って頷いたところで、セルバは続けた。

「まずは、ここで少々お待ちを。のちほど当主様の準備が整い次第、お呼び出しさせていただきますので。あと私めから一つだけ、お待ちいただく間、失礼ながらお屋敷が少々騒がしくなるかもしれません。ですが、どうぞお気になさいませんように」

セルバが去り、ロキが一礼して隣の自室へと消えてから、アルスは改めて室内を見渡した。もう一度眺め渡してみても、広い部屋だ。さすがにアルスの研究室ほどではないが、一人ではもてあますほどのスペースがある。続いてクローゼットの中の荷物を確かめ、調度品をチェックしていく。

（ふぅ、つい監視や盗聴を警戒してしまうのは悪い癖だな）

どこにも不自然なところはなく、それどころかバスルームには香水や石鹸までが完備され、個人用の冷蔵庫には選ぶのに迷うほどの種類の飲み物が用意されていた。実にきめ細かな気配りぶりは、一流のホテルと比べても遜色ないほどだ。

「ふむ、ここまでされる謂れはないんだがな」

続いて確かめたシューズクローゼットには、革靴から運動靴まで一式が揃っている。今すぐここに住むことになっても何一つ不自由しないだろう。

そういえば、さっき覗いたクローゼットの中にも、着替え用らしいシャツやジャケットが何枚も掛けられていた。チェスト内には新品の下着まで揃えられている始末だ。

しかも、色までがアルスが普段好む黒やモノトーンで統一されていたと記憶している。

そもそも靴や服のサイズは一体どうやって調べ上げたのか。ここまで来ると、何から何まで把握されているようで、寧ろ……。

「気持ち悪いな」

独り言めいた呟きと同時に、薄ら寒さのようなものを感じながら、アルスはあえてそれ以上考えるのを止めた。

いったん全てを諦め、アルスは窓際の椅子にどっと腰を下ろす。それから窓から見える風景に何とはなしに目をやり、ふと気づいた。

（ここは、玄関から見てちょうど屋敷の反対側なのか）

そこには、屋敷の裏手に当たるらしい景色が広がっていた。運動場だか訓練場のような施設のほか、涼やかな噴水のある泉と、整備された庭園に張り巡らされた水路までがよく見渡せた。


しばらくすると、二つの部屋を繋ぐドアをノックする音とともに、ロキが顔を出す。

「どれくらい待たされるのでしょうか。失礼な方々ですね」

その口調から察するに、ロキの部屋も同様なのだろう。あまりに万事が整いすぎているせいで、かえってアルス同様の居心地の悪さを感じているらしい。

「そう言うな、貴族だからこそその面倒事があるんだろ」

「確かにずいぶん慌(あわ)ただしいというか、人の出入りが激しいようですね。【テンブラム】がらみでしょうか？」

「じゃないか？　前来た時より、結構多い数がこの家にいるみたいだしな」

「探知したのですか？」

　そっち方面はいわばロキの本職だが、あえて詳細を調べるのは控(ひか)えていたらしい。ずるいと言いたげに口を尖(とが)らせる彼女へ、アルスはクギを刺(さ)すように言った。

「お前はやるなよ、セルバさんあたりには一発でバレるぞ」

「しませんよ、そんな非礼。誰だって、自分のプライベートな場所で一方的に魔力ソナーをぶつけられて、いい気はしないでしょうから」

「だろうな、なら安心だ」

　その点、アルスの一種の〝異能的感覚〟を使った探知方法は、ロキが発する魔力ソナー式とは根本的に異なるため、相手に感知される心配はない。無論、精度の面ではロキに劣(おと)るが。

「そろそろ、かな」

「のようですね」

やがて、二人が耳をそばだてるまでもなく、何人もの声がはっきりと外から聞こえてくるようになった。

窓際から目を向けると身なりの整った連中が二十数人程、屋敷の母屋から出てくるところだった。付き従う従者は、その倍はいるだろう。中にはまだずいぶんと子供っぽい、せいぜい中等生と思しき者もいた。その様子にはどこかただならぬ雰囲気が漂っており、ががやと口々に何か話し合っているようだ。

（セルバさんが言っていた「少々騒がしくなる」とはこのことか。見たところ傍系の子弟達みたいだが……フィアと比べても、まだ幼い奴もいるな）

アルスがそう推察するのも、身のこなしからして、まだ子供の者も含めて全員が魔法を修めていることが見て取れるからだ。

ロキもそれに気付いたのか、アルスに並んで窓から彼らを注視する。

「親戚の方々なのでしょうが……ずば抜けてはいないにせよ皆それなりですね」

「ああ、気取った見てくれは気に入らんが、学院の奴らを基準に考えても、よほど小さい頃から魔法を学んできているようだ」

感じ取れる魔力量からも、それは明らかであった。貴族とそうでない者との違いは、これくらいの歳では特に顕著である。

見た感じ、成人を除けばアルス達と同様の学生らしき者が七人、その中にせいぜい十二、三歳かと思われる者が一人。

高級そうな服を身に纏いつつ従者にかしずかれ、いかにも気取って歩く様子はどうにも癇に障るが、それが貴族のスタンダードなのだろう。貴族令嬢というには普段ツッコミどころ満載のテスフィアが、いかに〝個性的〟であるのかが、かえってはっきりと理解できるほどだ。

（あいつも最初はひどいもんだったからな。天然と言えば聞こえはいいが、魔力すら垂れ流しで……ん？　それにしても妙だな）

あの赤毛の少女を思い出したことで、アルスはとあることに気づく。その疑念を、同じくロキも感じたらしく。

「彼らの歳がいくつか分かりませんが……変ですね。学院入学時点でのテスフィアさんよりも、格上のように見受けられます。あれこそ英才教育を受けてきた貴族の力量ということでしょうか」

ふむ、とアルスはしばし考え込んだ。以前、フローゼがテスフィアの婚姻話を急かしていたのは、彼女の将来を早々に見切った故、ということだった。

フローゼは当時、同じ軍で活躍していたかつてのシスティのことに触れ、その抜きんでた才能について、複雑な感情を抱えていたことを匂わせていたが……もし、あの子弟達がフェーヴェル家の傍系だというならば、フローゼがテスフィアの将来を悲観してしまうのも無理はなかったのかもしれない。

アルスの手ほどきを受けた現在は言うに及ばず、入学当時ですらテスフィアはかなり優秀な部類だったはずだが、それでもポテンシャルで傍系の子弟らに及んでいなかった可能性があるというのは、少々驚くべき事実ではあった。

どういう事情があるにせよ、他国の魔法学院に留学でもしていないのならば、傍系の子弟達は魔法学院はおろか、順位にも反映されていない隠れた実力者ということになるのだろう。ちなみに学生にとって、順位はライセンスがあってこそ反映されるもの故、現在では軍を除けば各国に一つある魔法学院が唯一の入手経路である。

(それでもなんだかんだで、フィアの次期当主ルートは確定だと思っていたが、意外に安泰でもないということか。フェーヴェルは大貴族だけに、傍系の家が騒ぎ始めたりすれば厄介ごとが持ちあがる可能性もある、か)

そもそも現代の貴族は、魔法師という存在と切っても切れない関係性にある。軍への貢献は国への貢献に繋がり、軍での地位は家の格式に直結する。多少の例外はあれど、魔法師としての力が貴族としての証明でもあるのだ。また、本格的な封建制などとっくに旧時代の遺物になった今も、貴族界においては、ある意味で力の保証でもある家柄や血統を大事にする傾向が未だに根強い。アルスもかつてシセルニアから、功績への報酬代わりに、叙爵の機会を与えられたことがあるくらいだ。

　埋もれていた火種。またフェーヴェル家について知らなくてもいいことを知ってしまった、と溜め息とともにこぼすアルスにロキが肩を竦める。

「はぁ……でも、今更では？　それはそうとあの子弟達、それこそ現役のシングルや二桁クラスに比べるとどんぐりの背比べに見えますが、ポテンシャルは本物ですね。そのへんは腐っても貴族の血筋ということでしょうか」

　貴族絡みにはたいてい辛口なロキの珍しいポジティブ評価にアルスも頷く。もちろん、第２魔法学院のたいていの生徒より少々マシという程度ではあるが。

「ん？」

　そんな中、ふとアルスが目を細めた。屋敷から出てきたフェーヴェルの親族とおぼしき貴族達の一団に動きがあったのだ。成人とおぼしき者達が魔動車に乗り込むと、帰途につくためか、フェーヴェル家の巨大な外門に向けて移動を始めた。一方、さっき話題にのぼった子弟ら数人は、その場に残って見送るような様子を見せている。

　アルスが目を留めたのは、そんな残留組の中にいる一人の少女である。テスフィアのものをいくぶん薄めたような赤毛に、仲間と何事か話しているらしい横顔や面立ちは……。

「あの方……似ていますね」

「お前もそう思うか？」

ロキの言葉通り、やはりどこか同じ血筋を感じさせる容姿だ。テスフィア同様に美貌の少女だが、背は少し高いかもしれない。

「だが……」

アルスは呟き、そっと眉根を寄せた。よく観察すれば、彼女は目つきや身にまとう雰囲気が、テスフィアとはやや異なっているようだ。

その目元からは、テスフィアとは別の意味で気位の高さが窺える。自信ありげに微笑する口元や体つきは、高慢さとともにどことなく妖艶な雰囲気を漂わせていて……それだけでも、明確にテスフィアとは異なったタイプだと分かる。

「あれはあれで、寧ろ貴族らしいのでは？」

皮肉気味なロキの台詞に、アルスは苦笑を漏らしつつ「だな」と頷く。

そう、あれこそはアルスが忌み嫌う本物の貴族の顔だ。最近はフェーヴェル家やソカレント家の者達、アルスに好意的な者ばかりを相手にしていたせいで忘れかけていたが。

やがてアルス達に見られていることも気づかず、彼女らはその場を去っていった。行く

先はどうやら、アルス達とは別の逗留者用の離れのようだ。とすると多分、彼女らは一時的な訪問客などではあるまい。

「ハァ〜、どうも面倒臭そうな予感がする」

「口に出すと当たりますよ」

ロキがそう注意した直後、おもむろに部屋のドアがノックされた。

ロキが先に動いて開けると、そこに立っていたのは見慣れた赤毛の少女である。

テスフィア・フェーヴェル、この家の次期当主とおぼしき貴族令嬢ではあるが、肩を落としずいぶんとげっそりしたその表情はほとんど顔面蒼白に近い。

今朝がた、荷物を預けた時に顔を合わせた時とは、酷い変わりようである。見ればテスフィアは、己の屋敷内だというのに貴族令嬢としての正装姿だった。さらに、先程見た親族一同らしき者達の姿を鑑みれば、出てくる答えは明瞭である。

一族集結の下での大会議。しかも議題が【テンブラム】絡みの案件ならば、彼女はそもそもの発端かつ頼りない総大将と目されることになる。そうなれば、テスフィアが置かれているのは、ほとんど針の筵的なポジションだろう。

「はぁ〜……ちょっとこっち来て……お母様が呼んでるぅ」

「哀れですね、テスフィアさん。ほんの半日見ない間に、ぐっと老けましたね」

「誰がよ！」

とロキの言葉に反駁（はんばく）するが、その声にもいつものような威勢（いせい）はない。

「さっきちょっと問題が起きちゃって。えっとね、それについてはお母様から話があるから」

とだけ、花がしおれたような生気のない表情で、赤毛の少女は告げたのだった。


広大な屋敷の中、アルス達を先導しつつ、幽鬼（ゆうき）のようにおぼつかない足取りで歩いていくテスフィア。そんな彼女に続きつつ、やはり、とアルスは胸中に湧（わ）き上がる多少の苦々しさを感じずにはいられなかった。

貴族には貴族の世界があり、そこには必ず独自のルールがある。流れ上やむを得なかった、と自分にせめてもの言い訳をしてみるが、本当にそれが最善手だったかどうか。根深い蔦森（つたもり）めいたしがらみに、所詮（しょせん）は余所者（よそもの）のアルスが首を突（つ）っ込（こ）めば、嫌でも搦（から）め捕られてしまうのは必定とも言えたのだから。

ここに至るには、多少なりとも手塩にかけたテスフィアの未来のことや、行きがかり上という理由のほかに、自分の少々身勝手な欲望――アイルの歪（ゆが）んだ人間性に対する興味めいたものがあったことを、アルスはさすがに自覚している。

加えて、アイルによって己の出処進退に関する条件が賭けのテーブルに載せられた時も、少しは人間らしく熱くなってみたふりをしつつ、どこかでリスクについては冷静に理解していたはず。そのうえで下した己の判断に、一種の無責任さがあったのは疑いないのだ。

（けれど……世の中には仕方ない、ということもある。なるほど、こういう時には便利な言葉だ）

いかにも大人びているだけの虚ろな理屈を持ち出しつつ、アルスは黙ってロキとともに、長い廊下を歩いていった。

「ごめんなさいね。せっかく来ていただいたのに待たせてしまって」

久しぶりに相対したフェーヴェル家当主、フローゼ・フェーヴェルの第一声は、そんな謝罪から始まった。当主の書斎に入るのは、これで何度目だろうか。

部屋の中にはフローゼの他に、セルバ、ミナシャがすでに待っていた。なお、ドアの外にはヘストが無言で突っ立っている。

相変わらずの不愛想さで微動だにしない有様は、何か不始末の罰で立たされてでもいるかのように思えるが、単純に彼女に与えられたのは門番の役割だ。

室内でアルスとロキが勧められた椅子に掛けるや、セルバが流れるような動作で飲み物を差し出したが、アルスはすぐに口を付けなかった。

「どうやら【テンプラム】だけが問題ではないようですね」

いきなり切り込んできた彼に対し、フローゼは図星を突かれたとばかりに顔を歪める。

それから頭痛でも払おうとするかのように軽く顔を振って、案内役を務めたテスフィアにも椅子に掛けるよう命じると、おもむろに口を開く。

「そうね、問題が発生したことは間違いないわ。ただ、まずは順序だてて説明する前に……」

フローゼは微苦笑を漏らしつつ、緊張気味に座っている娘に声をかける。

「フィア、一先ずあなたがウームリュイナの暴威に屈しなかったことを評価するべきね。同じ三大貴族の一角として、いえ、見方によっては同格以上のウームリュイナ家相手に、あなたは決して屈せず、自らの意思で否を突きつけた。精神的成長の証と見るべきかしらね」

軽率だったと難詰するのかと思いきや、意外な反応ではある。

「そう、まずは賞賛に値するわね。フィア、今回はよくやったわ」

「はい」とそれに素直に応じたテスフィアは頭を下げるが、彼女の正装のせいもあってか、母子のやりとりというよりは、格式ばった騎士の叙勲式風ですらある。この芝居じみた一幕は、どうにもアルスに違和感を与えた。

まるでわざわざアルスに見せるための、茶番劇でもあるかのような印象である。怪訝な表情のアルスに、フローゼはふと柔らかい笑みを向けて。

「ちょっと回りくどかったかしら。でも、私達にも面子というものがあるのよ。貴族ではないあなたを、矢面に立たせるわけにはいかないの」

とはいえその声色にはどこか、娘の成長を喜ぶ母親としての感情が隠しようもなく混ざっていたようではあるが……概ね、その意図についてはアルスも腑に落ちた。

(気遣いというわけか。なるほど)

確かにテスフィアの婚姻話が発端ではあるが、アイルの挑発に乗ったのは、アルスの方だと言えなくもない。どちらかというと自ら首を突っ込んだという部分すらあるのだが、そこはまず、テスフィアが自らの意思を示したために事が起きた、という〝大前提〟を確立しておく必要があるらしい。

この件はあくまで貴族二家の間のトラブルであることを確認し、その一点において、あくまでもアルスではなくフェーヴェル家が先頭に立ち、責任をもって処理するという意であろう。

一般市民らにまで表立って騒がれることはないにせよ、今回の【テンプラム】は、もはやアルファの貴族界では注目を集めずにはおれない大事である。

　フェーヴェル家の影響下にある貴族らに威信を示すために、そういう筋書きを用意しておかなければならないのだ。

（まったく遠回りなことだが、確かに俺にとっても好都合だ）

　自分自身を納得させるために妙な理屈を並べずとも、あくまで気楽に「巻き込まれた側」を装っていられるのだ。アルスとしては、フェーヴェル家が良い隠れ蓑になってくれるならば拒む理由はない。果たして、コクリと頷き返すだけでフローゼは全てを汲んでくれたようだ。

　これで前置きは万事済んだとみて、背後に控えていたセルバがすっと動く。彼は今時アナログな資料らしい紙束を室内の各員に手渡しつつ、空中に手早く仮想液晶を立ち上げた。

「開催まで、二週間か」

　ざっと資料を確認したアルスが呟く。実のところ真っ先に目についたのは、この準備期間の短さだ。何より、この期間ではテスフィアが学院襲撃事件で脱獄囚に負わされた怪我が完治するかどうか。

「フィア、怪我の方はどうだ」

「え！　いまさら私の心配？　あんなハードな魔力器拡張訓練とかしておいて？」

目を丸くしつつ、テスフィアは意外そうな表情を浮かべて自分自身を指差す。

「例の訓練はつまるところ自分との戦いというヤツに近くて、成否には精神的な部分の方が大きい。肉体的な部分はまた別だ。それに【テンブラム】は半ば模擬戦みたいなものとはいえ本物の力のぶつかり合いなんだろ、訓練と違って俺が常に傍にいてやるわけにもいかん。んで、どうなんだ？」

アルスが重ねて問うと、テスフィアはすぐにコテンと小首をかしげ。

「えっと……多分大丈夫、じゃないかな？」

「お前の主観を聞いてるんじゃない。医者の診断の話をしてんだ」

自分のことは自分が一番よく分かるというが、この手の話になると、この赤毛の少女の判断はまるで信用できないのだから仕方ない。

呆れ顔のアルスの様子を見かねて、セルバが不毛な会話のキャッチボールにストップをかけつつ、補足してくれた。

「そちらに関しては、二週間で十分間に合うかと。お抱えの専門医に診させていますし、最初期の処置を施してくれたのが、軍の治癒魔法師の方々だったことも功を奏したと思われます。今でも運動を禁止するほどではないと聞いております」

「話に聞く【テンブラム】に備えるなら、ハードな訓練なり修練なりが必要なのでは？」

ビクッとするテスフィアをよそに、この質問にはセルバに代わり、紅茶を一口飲んでからフローゼが答えた。

「確かに準備のほか、作戦の確認も必要でしょうね。でも、そのための特別な個人訓練までは不要だと思うわ」

「そうなんですか。でも、一種の集団戦ではあるんですよね？」

アルスにとっては予想外というか、いささか拍子抜けである。てっきり相手の出方を想定したパターンごとの綿密な作戦や、それを実行するための軍隊同様の高度な連携が求められるものだと思い込んでいたのだ。

実際、アルスが独自で調べたところによると【テンブラム】はいくつかのルールの違いこそあれ、その多くがまさに擬似戦争であった。だからこそ、単純な衝突で勝敗が決するものではないと考えていたのだが。

「そっちの紙の記述を見てちょうだい」

言われるがまま、見やすくまとめられた資料の一ページを手に取る。

「今回ウームリュイナが提案してきた【テンブラム】の試合形式は【宝珠争奪戦】……!?」

概要どころか、その名前自体がアルスの事前情報にはないタイプのもので、もちろんロキも顔に疑問符を浮かべている。

フローゼはそんな二人の様子をちらりと見て。

「その様子だと、あなたが調べた中には古式ルールに関する情報しかなかったみたいね。そうね、セルバ。説明をお願いできる？」

仰せのままに、とセルバは深々と一礼する。続いて彼は手早く仮想液晶を切り替え、分かりやすい図解を表示しながら説明を始めた。

「【テンプラム】自体は、確かに貴族間抗争を収めるための手段として、古くから続く伝統的なものではあります。単なる集団剣闘や馬上武試合、はたまた競技性のより高いポイント形式などといったものまで、多様に存在してまいりました。ただし近年、魔法の研究が進み貴族階級から多くの魔法師が輩出されるようになり、状況が変化しつつあります。具体的には、より魔法戦の傾向を取り入れたルールが提案されることが増えてまいりました」

「なるほど。いわば今回のは、現代版【テンプラム】ということですか」

ニコリと微笑んで頷いたセルバは、そのまま老教師然とした様子で続ける。

「魔法を用いた【テンプラム】のルールは他にもございますが、今回先方が指定してきた【宝珠争奪戦】は、その中でも集団戦寄りのものとカテゴライズされ、加えてもっとも難度の高い部類に入ります」

ふぅむ、と唸るアルス。

「まず、各陣営が二十名まで参加者を選ぶところから始まるのですが……この参加者の条件には、厳格な規定がございます。具体的には、参加メンバーがほぼ当事者となる貴族家および支族からの参加者に限られる部分ですね。簡単に言ってしまえば参加資格は貴族身分であること、ないしその血筋と認められる親族であることです」

「……!?」

アルスが思わず眉根を寄せ、ロキがガタリと椅子を鳴らして立ち上がる。

「そ、それじゃアルス様が参加できないのでは!?」

思わず声を上げてしまった彼女の懸念を振り払うように、フローゼがクスリと笑いながら答えた。

「そこは大丈夫よ。今回、参加者の条件には例外枠が設けられているの。いわゆる助っ人枠ね。アルスさんには、そこに入ってもらう形になります。でも、ロキさんには……」

「そ、そんな……」

この世の終わりもかくやと思うくらい、みるみる青ざめたロキが小さく呟く。わざわざここまで付いてきたくらいだ、アルスの助けとなるべく当然参加するものと思っていただけに、ショックも大きいのだろう。

「これればかりは仕方ないだろ。あちらはアイルの挑戦を受けた形の俺が参加できるよう、わざわざ特別枠を用意した。つまりこっちは譲歩してやっている、と言うわけだ。誰でも参加可能なら、単に高位魔法師を集められた方が有利というだけのものになってしまうからな。そうなれば厳格なルールもクソもない、ただの喧嘩と変わらん」

アルスとしては想定外、というほどのことではない。ただ形式が不明な段階では考えても無駄、ということで、あえてその可能性をロキには告げていなかっただけのこと。

「ごめん、ロキ！」と顔の前で手を合わせるテスフィア。

「アルの言う通りなのよ。【テンブラム】中の動き自体はルールに縛られるとはいえ、アルっていう切り札の存在は大きいわ。ウームリュイナ側としては、当然一枠たりとも助っ人なんて認めないほうが有利なはずなんだけど、そこを譲ってきてる以上、なんとか助っ人をもう一枠、なんて無茶をねじ込むのは難しいでしょうし……お願い、ロキ！」

テスフィアはそう言って、素直に頭を下げた。

むむ、と押されつつも、ロキはなおも言い募る。

「あちらの意図なんて、見え透いていますよ。あえてフェーヴェル家側にアルス様が入った形で決着を付けることで、自らの負けを綺麗に認めさせ、アルス様の所属移行に関する条件を絶対に守らせる、それが狙いでしょうに。普通に魔法戦を仕掛けてもアルス様に勝つことは絶対不可能なので、僅かだろうと逆転の目がある【テンブラム】に賭けてきた、ということでしょう」

それは多分、間違った推測ではない。セルバによる説明が途中なのでまだ【宝珠争奪戦】のルールは定かではないが、アルスの存在感がどれだけ大きかろうと、集団競技ならあちらに勝ちの目はあるのだ。チェスでいうなら、アルスはとてつもなく強力な駒ではあるが、この魔法戦遊戯の性質上、決して王たる駒にはなり得ないだろう。そしていくら他の駒が強かろうと、何らかの奇襲的手段で王たる駒を落としてしまえば、それだけで勝敗は直ちに決するのだから。

「フィアもああ言ってるんだ、ロキはサポートに回ってくれ」

「し、しかし……」

「俺がいる以上【テンブラム】で負けるつもりはないが、あのウームリュイナのことだ。きっと何らかの裏技を使ってくるだろうし、万が一勝敗がついた後でも、やぶれかぶれになった連中が何をしてくるか分からん。そんな時、お前がいれば、だな……その、ずいぶんと心強いからな」

頭を掻きながら、いつになくお世辞めいた物言いをするアルス。

「私が見守っていれば心強い、ですか。むぅ、そこまでアルス様がおっしゃるのであれば

「……」

　意外に悪い気はしなかったのか、ロキは溜め息を一つ吐きつつ、ようやく態度を軟化させたようだ。まるでほとんど熟年夫婦のような、妙になれた感のあるやりとりを見て、フローゼも相好を崩しつつ頷いた。

「確かにそうね。実のところ、私もそれを心配しているわ。今やウームリュイナの狙いが見えなくなってきてしまったもの」

　脱獄囚の手引きその他、叩けば他にいくらでも埃が出てきそうな気配だ。ウームリュイナ家はすでに、元王族といえど決して有耶無耶にはできないほどの大罪を犯している疑いが強い。

　証拠が固まれば当然捜査の手が及び、破滅へのカウントダウンが始まるはず。アルスの所属やテスフィアとの婚姻ですら、切り札になり得るかどうか。そんな状況下で、アイルはどうやって形勢逆転への望みを繋ごうというのか。

　アルスですらそれは読めず、寧ろアイルにそんな奇策があるならば、見てみたいような気さえしてくるのだから妙なものだ。

「ま、元王族としての名に恥じないよう、最後に大きな花火を打ち上げたい、なんて存外泥臭い理由かもしれませんが。いずれにせよ、奴らに隙を与えないことが肝要ですね」

「アルス様、軽々しくおっしゃっているようですが、くれぐれもお気をつけくださいね？」

「ああ、分かってる。相手の出方が分からん以上、用心するに勝る戦略はない。一先ずは、それが結論ということだな」

　ロキの心配げな言葉にアルスが応じ、場の皆も納得したように頷く。そして次のテスフィアの台詞で、ようやく話が本筋に戻る。

「で、そもそも肝心のルールについてなんだけど……さっき話に出た【宝珠争奪戦】って の、私いまいちよく分かってないんだけど。そりゃ前もって【テンプラム】についていろいろ勉強してたつもりではあったけど、アルと同じく古典的な形式ばっかかを想定してたからさ」

　ははっと乾いた笑いを浮かべるテスフィアに、フローゼは呆れたように肩を竦め。

「全くこの子は……まあいいわ、幸い時間はまだあるんだしね」

　仕切り直しとばかり、フローゼはセルバに命じて仮想液晶を切り替えさせる。そしてフローゼはおもむろに、部屋中央の大机の上に、革製のアタッシュケースを載せた。

「細かいルールや戦略パターンは、後でセルバにまとめさせるから、次の作戦会議までに目を通しておいて。さて、それじゃ〝本命のお宝〟を見せるわよ……」

　そう言いつつ、フローゼがケースから取り出したのは、幾何学的な模様が刻まれた球体であった。ギリギリ片手に収まるサイズの玉である。

「【宝珠争奪戦】はその名の通り、両陣営が持つ宝珠を奪うゲームよ。それでこれがその宝珠」

(似ているな。この形は……いや、流石に大きさが違いすぎるか？)

アルスがハッとしたのは、その玉が古代のＡＷＲにして、全ＡＷＲの原型と呼ばれるミネルヴァに似ていたからだ。ダンテが学院を襲った折に強奪した人類の至宝だが、実はただのＡＷＲではなかった、という逸話を持つ古代の超遺物である。

一瞬勘違いした後にアルスが思い直したように、宝珠という名に違わず、それはミネルヴァよりも遥かに小さいサイズにまとまっている。さらに宝珠という名に違わず、表面に涼やかな光沢と得体のしれない美しさをたたえており、テーブルの上で蠱惑的な輝きを放っていた。そして何より、改めて観察してみるとやはり、古代の遺物というには不似合いな、現代のＡＷＲ技術の片鱗が見てとれる造作だった。

そんなアルスの内心を目ざとく読み取ったのか、フローゼは少し笑って。

「あら、アルスさんには見覚えがあったかしら？　確かにシスティが管理していたあれに似てるけど、それは単に貴重な宝という意味で、意図的に似せて造られたからよ。まあ、元のミネルヴァには及ばないから開発者側の敗北ではあるのでしょうけどね。模造品でもそれなりの限定的な特性と効果を持つＡＷＲにはなったってところかしら」

「……」

アルスは黙って、続くフローゼの説明を待つ。

「ちなみに、魔法式は内部に刻まれているわ。その魔法式とは、手早く言えば召喚魔法よ。召喚魔法の適性がない者でも固有の魔力を流すことで、それが発動するの。そして、この最新式の【テンプラム】では、魔力によって宝珠内の魔法式が起動して呼び出されたもの……守護者が鍵を握るわ」

「守護する者、ガーディアンか。なるほど、この試合形式で問われるのは、互いの宝珠を守る守護者をいかにして……」

「打ち破るか、それが肝というわけよ。まったく頼もしい理解の早さね。ちなみに守護者を召喚する魔法式を宝珠内に最大で五つストックできるわ。適性系統や魔力量にもよるけど、自軍メンバーごとに切り替えも可能になる」

「誰でも、ですか。ならば召喚魔法というより、その劣化コピーみたいなものですね」

とはいえ、魔法の概念に照らし合わせれば、難易度の高い召喚魔法をホイホイ使えるはずもない。ロキは今ひとつ理解できないと言いたげに小難しい顔をする。

「ロキさん、普通の召喚魔法と同じに考えてはダメよ。確かに召喚魔法の魔法式を利用する点では同じでも、あくまでも表層的な式をなぞることしかできないの。だから、召喚魔法ではなく【ガーディアン】なのよ」

「つまり、守るだけと？」

「その通り。守護者は【テンプラム】のフィールド内でだけ存在できる実体を持つアバターで、ほぼ魔法的な攻撃手段を持たない。試合中、敵に狙われた宝珠を移動させたり、宝珠自体を身を挺して守るといった役割がメインなの。そうは言っても召喚魔法の式をストックする以上、系統の概念や特性は存在するけど」

「なるほど、誰でも呼び出せるというのはそういうカラクリですか。いわば簡易装置を通すだけあって、正式な召喚魔法で呼び出された存在より数段は劣るわけですね」

「ええ、ちなみにその現出時間内に耐久値を超えるダメージを与えられた場合、守護者は消失するわ。これは、召喚者が宝珠から十メートル以上離れた場合も同様。そのあと丸裸になった敵側の宝珠を確保し、競技上に定められた行為、いわゆる【封印】を宝珠に施したチームが勝利する、というわけね」

「でも、単に召喚魔法を打ち破るだけなら、同格以上の魔法をぶつけてやるだけで比較的簡単なのではありませんか？　ましてや【テンプラム】で用いられる守護者というのは、その劣化コピーなんですよね？」

ロキの疑問に、フローゼは明瞭に答えた。

「普通の戦闘(せんとう)ならね。ただ、これは競技形式に整えられたものよ。守護者の耐久力(たいきゅうりょく)はデジタル上で置き換(か)えられたそれぞれ固有の数値になっていて、それを削(けず)る方法もまた、制限されている」

話を聞く限りまるでゲームのようだ。しかし、現実の魔法戦でそれが可能なのかは甚(はなは)だ疑わしい。

ここでフローゼは、例のアタッシュケースから腕輪(うでわ)状の円環(えんかん)を取り出し、アルスに差し出した。

訝(いぶか)しげに受け取るアルスは、じっくりとその表面に目を落として、渋(しぶ)い顔になる。その表層にはいくつかの魔法式が彫(ほ)りこまれており、重さは見た目以上。そして何より、その形状と雰囲気(ふんいき)が、アルスにとある記憶(きおく)を想起させた。

「だからアイルが俺の参加を認めたのか」

「そういうことね」

「え？　どういうことですか？」

ロキの問いにアルスは仏頂面(ぶっちょうづら)で、腕輪を顔の前に翳(かざ)す。

「この腕輪は制御(せいぎょ)装置だ。ロキは知らないかもしれないが、魔法犯罪者に対する拘束(こうそく)具の機構と同じだな。さらにこいつは、中でもより凶悪な者を無力化する時に使われるタイプに近い」

「さすがね、そんな裏世界のことにも通じてるなんて」

アルスの見識の広さに驚きつつも、フローゼは説明する。

「これはつまるところ、装着者が使える魔法を制限するためのものなの。しかもある程度、任意に段階を調節してね」

「機構自体は前からあるものか。誰が作ったのか、随分と面白いことをする。で、こいつの制限範囲はどれくらいなんです？」

アルスが尋ねる。抜け目のなさそうなアイルのことだ、どうせ【テンブラム】においては、アルスを野放しにし、いわゆる単独無双を許すような形式や種目を選ばないだろう、とは予測していたが。この制御装置を用いた種目なら、個人の力は極度に平均化されると言っても過言ではないだろう。せいぜい集団戦にして、アルスの足に「頼りない味方」という重りを付けてくるくらいか、と思っていたのだが。

「〝上位級〟魔法までよ。いかにアルスさんとはいえ、文字通りの手枷付きというわけ」

「新形式のルールに加え、使用魔法制限ありって訳ですか。面倒だからといって、くだらない縛りをぶっちぎる訳にもいかないんでしょうね」

舌打ちせんばかりのアルスに対して、フローゼは肩を竦め。

「試合中に制御装置――この腕輪を外したり、破壊したりすることは即失格を意味するわ。もちろん魔法の出力や射程だって、相応に制限されるわね」

使用されるフィールドがどれくらいの広さか知らないが、超射程の魔法を苦もなく操れるアルスだ。本来なら召喚魔法で呼びだされた敵側の守護者を、安全な味方陣地から狙撃することなど造作もないわけだが、それさえも困難にしている。

「そうなると、皆で力を合わせて地道に行くしかない、ということですね。まったく俺の性に合わないですが、よく考えられている……で、フィールドは相応に広いわけですか？」

資料をチェックしながらアルスは尋ねる。

「ええ、ウームリュイナが所有する特別領にて、ということみたいね。学院の運動場どころじゃない、かつての貴族の狩猟場を模した森付きの荒れ地、丸ごと一つ」

「索敵要素もありか、面白いな。腕輪は通信装置も兼ねてたり？」

「ご名答よ。それともう一つ、この腕輪には別の機能もあるの。これ自体に置換システムが導入されていて、受けた攻撃はいったん極度にまで軽減され、その分がデジタル数値上のダメージへと置換されるのよ。もちろん、それ相応の設備がフィールド内に配されてこそ成り立つシステムだけど。宝珠の守護者だけでなく、参加者も耐久値制というわけ」

「すると守護者だけじゃなく、敵軍メンバーへの攻撃もあり、という形ですね」

もっともらしく頷くアルスの傍で、ロキは驚いたような声をあげる。

「戦闘要素はともかく、ダメージ置換というのは……!? 学院の訓練場と似たようなシステムに思えますが、そんなことが可能なのですか?」

そう思うのも無理はない。そのシステムは巨大な施設を必要とするため、国と軍の支援の下で成り立つ学院ならいざ知らず、一介の貴族ごときの領地に配置されるなど、通常なら考えられないことだ。

「さすがは元王族というわけか。せいぜい汚い真似をされないよう、地形は念入りに探っておかないとな。とにかく、俺もこのルール内じゃ、化け物からごく良心的なレベルの魔法師に格下げということですね?」

皮肉げに呟くアルスに、ちらりと申し訳なさげな視線を送るフローゼにセルバ。

その後、再びフローゼが指示すると同時に、セルバの手により操作された仮想液晶に、デジタルの図説が広がっていく。

「原理だけで言えば物理障壁とは少し違うんだけど、便宜上、腕輪が展開するそれを仮にバリアフィールドと呼ぶことにしましょう。で、それはこの腕輪が発する球体状の光で可視化されるわ」

「図によると、耐久値というよりエネルギーゲージ風ですね。１００％から始まりダメージを負うごとに残存エネルギーが減少、それに伴い腕輪が発する光も青、黄、赤と変わっていく。で、エネルギー全損で強制退場か。ますます遊戯じみてきたな」

アルスと同じく目を凝らしていたロキは、思わず感嘆の言葉を漏らした。

「つくづくよく練られたシステムですね」

「ええ、全身は覆われていないように見えるけど、実際のバリアは身体表面に沿って薄膜状に展開され、〝当たり判定〟があるから要注意ね。具体的には服にかすっただけでも、ダメージに換算されるわ」

「実戦じゃ、かすり傷程度はケガの範疇に入りませんがね。仕組み上、やむを得なかったのでしょうね。それにしても、こんな大掛かりなものが出来上がってるとは。庶民の俺も、貴族界になじみがなかったための無知を、いっそこの機会に反省するべきかもしれませんね」

肩を竦めたアルスに、フローゼは微笑する。

「確かに手は込んでいるわね。まあ、現代魔法を用いた【テンブラム】の中でも【宝珠争奪戦】は、特に技術を駆使した競技戦寄りのものだから。倫理規定めいたものもあって、事故のリスクを最小化しているのよ」

「ああ～、覚えること多すぎて頭がクラクラしてきたわ。それにこの前まで勉強してきた【テンプラム】の知識が全部、無駄になっちゃったなんて」

　テスフィアががっくりと頭を垂れ、身体を倒れこませんばかりにするのを、アルスは面倒げに掌で押し止め。

「恨むなら、小賢しいウームリュイナの小倅を恨むんだな。だいたい丸っきり無駄にはならんだろ、〝古きを学んで新しきを知る式〟のアプローチは、実際の魔法研究の最前線でだって有用なんだ。それはそうと、確かに戦略パターンは多いがやること自体は明確ではあるな。いや、時間的にはできることが限られてるというべきか」

　アルスは改めて仮想液晶と手元の資料によってデータを確認しつつ、小さく呟いた。要は敵チームの守護者を倒して宝珠を奪取し、一定時間保持すればいいのだ。

「宝珠保持の完遂は、奪取者が自分の登録コードを読み込ませ、それが完全認証されることによって成立する。その必要時間は一分弱、つまりは敵チームから宝珠を奪ってから一分、魔力を流し続ければ【封印】扱いになるのか。コード認証中は無防備になるようだが……ん？」

　アルスはふと、手元の資料をめくる手を止めた。

「その他の勝利条件に、〝相手指揮官による敗北宣言〟とありますね。これは何です？」

指揮官とはつまり両陣営のリーダーに当たる。よほどのことがなければ、フェーヴェル側はテスフィア、ウームリュイナ側はアイルがそれに当たると思われるが……。

「読んで字の如く、指揮官が言葉で負けを認めた上で、自ら腕輪を操作し『投降宣言』を出すような状況よ。指揮官の耐久値はメンバーの数倍かつ、意図的に防御力も高めに設定されているから、ほぼ脱落することはないけれど、参加メンバーの退場者が増えれば、前線は崩壊する。そうなれば敗北は必至ね」

フローゼの言葉を、アルスが想定しうる状況に置き換えた。

「四方八方から守護者が攻撃され、どんどん宝珠を守り切れなくなっていく、か。指揮官をわざわざ狙って落とすくらいなら、守護者を攻撃したほうが効率がいいわけだ」

「概ね、合ってるわ。あまり一方的な戦いになった場合、最後に指揮官だけが残って〝詰み〟という状況もあり得るのよ」

「なるほど、時間短縮のためですか。システム維持のために消費される魔力も、そこそこなものになりそうですからね」

アルスの言葉に、ここまで黙っていたセルバが重ねて。

「そのほかにも、もう一つ。あまり感心できないことですが、【テンプラム】はいわば、出来レース的な開催もあり得るものでして」

「は？」

これにはさすがのアルスも、きょとんとした表情を見せる。

「貴族家というものは、古来からとかく面子を大事にするものです。だからこそ【テンブラム】は、貴族の揉め事において、いずれかの主張の正否や関係性の優劣などが、最初から付いている状況でも開催されることがあります。それこそ単なるダメ押しの示威行為として行なわれることもあれば、逆に面子を守るためにも利用される」

「……」

「たとえば【テンブラム】を開催する一方の家の当主が皆、心底から全力での決闘を望んでいるとは限りません。臣下達に弱腰、腰抜けと呼ばれるのを嫌う当主が、家臣の前でせめて相手と衝突して見せることでその体面を守る、といったやり方もあります。その場合、一度は申し入れを受けておきながら、必然的に、適当な形だけを作って敗北を認めるということも」――何とも大人の世界のやり口だ、とアルスは呆れたようにロキと顔を見合わせた。寝技、裏取引の類いには疎いだけでなく、そんな生ぬるい方法がまかり通る薄気味悪い世界には、できるだけ近寄りたくないと考えているアルスだったが……そう思えば、目の前で涼しい顔をしているフェーヴェル家当主や穏やかな笑みを崩さない老執事が、やはり別世界の人間にも思えてくる。

「その場合、勝利者側も当然ながら事情を飲み込んでおり、敵ながらあっぱれ、と敗北側の健闘を褒め称えて、全てが手打ちになります。ただ基本、強者の横暴を防ぐために上級貴族が下級貴族を取り込むための手段として【テンブラム】を申し入れることはできないことにはなっているのですが」

「なるほど、何せフィアの婚姻がらみですから、これは一つの家が一つの家を取り込む例に当たる、今回は当事者が三大貴族の二家だから、というわけですね。アイルもそのへんは考えているわけだ。フェーヴェルとウームリュイナはどちらかが明確に上、と誰もが認めて優劣を付けられる関係性ではなさそうですからね。セルバさんの言う禁止事項に照らし、フェーヴェル家が【テンブラム】の申し入れを断れば、貴族家としての優劣を認めたことになると」

　頷くセルバに、アルスは今回の【テンブラム】が、入念に仕組まれた上でのものであったことを今更ながらに知った。アイルは予想以上にしっかり根回しをしているとなると、残されたもう一つの貴族界の大勢力であるソカレント家に働きかけても、そこに何かしらの異議を唱えることは難しかったのだろう。

　ここで、貴族界の事情絡みでやや逸れ始めた話の流れにストップをかけたのは、フローゼであった。

「さて、こんなところかしら。つまらない貴族の話はここでやめましょう。アルスさん、今日は一先ず【テンブラム】関連の情報共有と報告に留めましょう。明日からは、各種の摺り合わせや作戦会議などの時間を設けるわ」

「そうですね。では、肝心要である戦闘員はどうなっていますか？　定員は指揮官を入れた二十一枠のようですが」

「人員についてはまず候補からピックアップして、本人からも承諾を貰っているわ。二日後あたりに全員に感覚を掴んでもらう意味で実践訓練もしたいから、明日の昼頃には集まってもらうことになっているの」

人選についてはフローゼに一任しているので、アルスとしても文句はない。

当初は数合わせ程度の面子でも問題ないかと思っていたアルスだったが、このルールを見るに、やはりある程度の実力は必要だ。

やがて、フローゼに促されてセルバが候補リストを仮想液晶に映し始めたが、アルスとしてはせいぜい氏名が把握できる程度で、実力の有無などは判断しようもない。

ただ、延々とスクロールして流れていく表列の長さから、それこそ補欠要員まで確保されているらしいことは窺える。

「えっ⁉」

そんな中、意外そうな声を上げたのは、同じく表に見入っていたテスフィアであった。

「ミナシャ、ブロンシュ卿が入ってるけど!?」

バッと勢いよく振り返る先で、びくっとしたように肩を跳ねさせた専属メイドのミナシャは、苦笑しつつ頷く。

「お嬢様の一大事ですからね、お父さ……いえ、父が自ら志願しました。少しでも悩んでうじうじしてるようだったら、私がお尻を蹴り飛ばしてやったところです」

ぐっと拳を構えてファイティングポーズを取りつつ、息巻いたミナシャは、そのあと打って変わって不安げな微笑を浮かべ。

「まあ、父がちゃんとお役に立てばいいのですけど」

「だ、大丈夫よ。キケロ・ブロンシュ爵はフェーヴェルを補佐してきた〝忠臣〟の家柄でしょ！　娘のミナシャを、わざわざ私のメイドとして奉公させて欲しいって頼み込んできたくらいだって聞いてるし」

テスフィアの物言いを見ていると、何だか実力的には微妙な点があるようだが。ともかくアルスとしては、このリストを見て、改めてフェーヴェル家の人望の厚さを知ったような気分だった。

そして、こんな人と人の目に見えない絆を感じさせるやりとりは、アルスにかつてのことを思い起こさせる。軍で経験した数少ない充実した時間……信頼できる仲間達と〝あの部隊〟にいた時のことを。いや、今もときに、レティとはこんな空気を共有できることもあるが。

「ま、良いんじゃないか。それに加えて、あとは対人戦に長けてるセルバさんがいれば、問題はほとんど潰せるな」

いくら使用魔法が制限され、強者に足枷が付くルールであろうと、そこは集団戦を模したもの。やはり豊富な戦闘経験からくるセルバの状況判断力の高さが、有用だろうことは疑いない。と、考えたところでアルスはふと。

（ん？　そういえばリストにセルバさんの名は……）

ちらりと視線を送ると、老執事は申し訳なさげに頭を下げて。

「アルス殿、大変恐縮ですが私は今回、参加できないのです」

「えっ」

この意外な言葉にまずロキが声を上げ、アルスも内心の驚きを隠せなかった。

参加条件にざっくり言って「当事者の家の関係者であること」というものがあるのはすでに聞かされていたが、執事たるセルバがそこから漏れるというのは、どういうことだろうか。

目を細めたアルスが〝何故か〟と問う前に、セルバ自らが口を開く。

「アルス殿、すでにご存じかもしれませんが、私はいわゆる〝魔法〟と呼べるカテゴリのものを操る術をほとんど持ちません。以前お見せした魔力鋼糸。あれこそが私の戦闘技術全てのベースであり、要なのです。そして、私の魔力鋼糸は……」

「魔力で構成されている。で、その構成要件の魔力密度が、上位級魔法の制限に引っかかると」

「その通りでございます」

「とすると、例の腕輪が制限している〝上位級魔法〟とは魔法に限らずあらゆる魔法的現象全て……制限内かどうかはカテゴリや概要じゃなく、必要魔力量およびそれを成す魔力構成密度の複雑さによって、判断されているんですね？」

深々と頷くセルバは、寧ろアルスの洞察力に感心したようですらあった。

「流石と申し上げるべきか。はい、まさにその通りで。情けないことに、通常の魔力鋼糸でさえ制限を受けてしまう有様でして」

「ふむ……大きな誤算ですね」

いや、寧ろそれも承知の上で、アイルはこの【宝珠争奪戦】を提案してきたのかもしれなかった。

ドッと背もたれに身体を預けたアルスは、ふぅっと大きく息をついた。なかなかに厄介なことになってきた。まず相手戦力を推し量れば、以前学院でアイルと対面した時に控えていた側付きの強者二人——オルネウスとシルシラ——は、確実に参戦してくるだろう。

実戦ならいざ知らず、今回、ルール上の縛りを加えられているアルスだけでは、あの二名を同時に押さえ切れるかどうか。いや、アイル側の助っ人枠をも考慮に入れると、それなりの手練れがアルス自身の他にもあと二人は欲しいところ。

そんなアルスを安心させようとするかのように、フローゼが口を開く。

「大丈夫よ、アルスさん。セルバの代わりについては手を打ってあるわ。システィが、あるお方に話を繋いでくれてね」

「理事長が？」

天から降ってきたような助けではあるが、そういえばフローゼとシスティは、かつて戦場で共に戦った仲だという話だった。そもそもアルス自身、彼女には随分と大きな貸しがあるので、それを早速返してくれたということでもあるのだろう。おそらく政治巧者なフローゼのことだ、そのへんをも含んで、システィにコンタクトを取ってみたのだろう。

「正直、意外でしたが、ちなみにその助っ人というのは誰なんです？」

「そこはまだ固まった部分じゃないから、ということだったけど、十中八九間違いない話よ。適任であることは確かかね。後はお楽しみ、なんて言ってる場合じゃないかもしれないけど、そこは安心して頂戴。とにかく十二分に期待できるわ」

「まあ、人選をお任せしたのはこちらですから、でしたら、俺からは特に何も」

まあフローゼがここまで言うのだから、最低限のラインはクリアしている強者ではあるのだろう。少なくとも懸念が一つ、消えたと考えていいはずだ。

その後は、さらに細かい情報交換が行なわれたが、中でも注目すべきは、今回の【テンプラム】の審判について、である。

そこはリムフジェ・フリュスエヴァン家、ひいてはリリシャが務めることになっていたのだが……意外な横やりが入ったらしい。

「フリュスエヴァン家は政治的な立場はともかく、リリシャさんが、個人的にアルス殿やお嬢様に近すぎる、との異議が、ウームリュイナ側から差し挟まれまして」

セルバの報告に、アルスは内心で苦い表情を浮かべざるを得ない。

（そこを突かれたか。本当に典型的な腐れ縁というやつだが、表か裏かを問わず、リリシャとは最近、いろいろつるみすぎていたからな。アイルもさすがに、そこは調査済みか）

テスフィアも「別に、私が頼んだわけじゃないし」などと不満顔だが、そこはそれ。

「ひいてはウームリュイナ家側も審判を立てる、とのことで。やむなく今回は、二審判制が採用されることになりそうです」

「まあ、仕方ないでしょうね」

アルスもそこは妥当な提案だろうと納得せざるを得ない。リリシャはあれで、貴族社会のほかに裏世界にも通じていて、中々目端が利くところもある。試合中、アイル側の不正に目を光らせてくれるだけでも、最低限審判としては機能するはずだ。

続いての議題は非常に遠回しにだが、アルスがテスフィアに施した魔力増強法についての話題だ。

セルバは察しているようだったが、一部禁忌に触れるだけに、さしものアルスもフェーヴェル家当主の前では、仔細を説明することを避けたい事柄である。ただここについてはどうにもフローゼの関心が強く、完全に無傷で逃げ切るのが難しいのも事実。

当のテスフィア本人は自分の身に起きたこととはいえ、ほとんど無意識下の出来事で説明することすら覚束ないため、自然とアルスが矢面に立たされてしまう。

結果、魔力器についての知識を一部披露したものの、フローゼの荒ぶる熱量はとどまることを知らず、さらなる〝追求〟を受けることになってしまった。

貴族は皆、子女を一流の魔法師とすべく、幼少期から英才教育を施す。それはほとんど上流階級の出身者がテーブルマナーを身に付けるのと似たレベルであり、努力が実る実らないにかかわらず、それが貴族界の慣習となっている。

それ故に、アルスが開発した魔力器拡張——ひいては魔力増強の秘法は、継承魔法にも匹敵するものであり、全貴族垂涎の宝でもあるのだ。

ひたすらに口を噤むアルスの防波堤となるべく、フローゼの〝攻勢〟に対し、ロキがおもむろに割り込む。

「当主様、この訓練法はアルス様だからこそ為しえたものです。だからこそ、他人に伝えることなど無意味でしょうから」

「あらま、それこそまさしく他人行儀というものね、ロキさん」

ニヤリと獰猛に微笑むフローゼに、ロキはその一瞬で、本能的な不利を感じて身体を竦ませる。

「そもそもロキさんはいつも、うちの不甲斐ない娘の助けになってくれているのよね。実力だってずば抜けたものがあるでしょう？　我が家はこういう家風ですから、ロキさんほどの素晴らしいお嬢さんなら、遠慮は一切無用よ。それこそ親戚づきあいレベルで訪ねてきてくれて全く問題ないし、うちに男の子がいないのが惜しまれるくらいよ。なんなら、支族で筋のいい男子をいくらでも紹介するけど……それでも釣り合いが取れるとは思えないわね」

将を射んと欲すれば先ず馬を射よ、ではないが、したたかな当主のターゲットが素早く切り替わったと知るや、ロキはたちまちスッと平静さを取り戻した。

「結構です。私はアルス様のお力になるためにいるのですから、そういった方面には、特段興味はありません」

「やっぱり一途なのね、あなたは」

ロキの返答にかえって満足したのか、にんまりと笑うフローゼ。以前に7カ国親善魔法大会のパーティの席でフローゼと対面した時は、もう少し迷い悩む若き乙女としての一面が垣間見えたものだが、今のロキからは、かつてちらりと言動の端々から覗いていたような、若さ故の優柔不断めいた部分がすっかり消えている。

「ま、頑張りなさい。フィアもよ？」

不意に流れ弾を受けた形のテスフィアは、きょとんと目を丸くしつつ、意味も分からないままにコクコクと頷くのみ。

魔法師としての成長は著しくとも、やはり女としての成長は今ひとつのようだ。フローゼは漠然とした将来の不安を胸に覚えつつ、やれやれ、とばかりに首を横に振って。

「では、食事の時間まではゆっくり休んでおいて」

と、その場を締めくくった。

だが明日からは忙しくなるのだろうからこそ、アルスは身体を休めておけというフローゼの言葉を、そのままには解釈しない。

部屋に戻ったら、資料の読み直しである。今回の【テンブラム】では個人の力が大きく戦況に寄与しにくいからこそ、戦略の組み立ては一層重要度を増すはずだ。そのためにもまずは仔細ルールの把握からである。

【宝珠争奪戦】の全体像は、さっきフローゼが言っていた二日後の実践訓練などで雰囲気を掴んでいけばいい。まずは情報収集し、そこから得たものを実戦で具体的な形にして掴み取っていくのは、基本中の基本なのだから。

そんな風に自室に戻る途中の廊下で、ふとロキが寄ってきて。

「そういえば、あの親戚と思われる方々についての説明がありませんでしたね」

当主およびセルバとの会談の前、案内されたアルスらの部屋から見たフェーヴェル家の傍系と思われる人々。一足先に大人達が魔動車で去った様子からすると、残された子女らが、まだ屋敷に逗留しているはずだが。

「確かに。セルバさんが『少々騒がしくなるかもしれないが気にするな』と言っていたのは、てっきりあいつらに関してのことかと思ったが、今のところ静かなもんだな」

そこでアルスはおもむろに振り返り。

「お前は、知ってるんだろ？」

そこにいたのは、アルスらを送るべく付いてきていた赤毛の少女――だがテスフィアはその問いに分かりやすいほど狼狽し、そっと目を逸らした。

「あ、その、知ってると言えば知ってるんだけど、結局、フェーヴェル家内部の問題なのよね。だからお母様もアルに話すかどうか迷った結果の判断かな、と。ほら、あんたってそういうのに巻き込まれるの嫌いでしょ？　今更と思うかもしれないけど、これ以上はホントに申し訳ないっていうか」

「どちらかというと、身勝手な話に思えますが」

「そ、そこは慎重って言ってよ、ロキ」

小さく口を尖らせたテスフィアであったが、そこは良くも悪くも隠し事には向かない性格なのが、彼女である。

「う、まあ、そこらへん勝手に判断してるのが独善的だってのは確かよね。それに全く無関係ってわけでもないかも、だし？」

「おい、そんなセコい言い方をされたら、聞かないわけにはいかないだろうが」

「え⁉　べ、別に狙ってはなかったわよ？　事実だもん」

小賢しいのか天然なのか、やはり面倒ごとがしっかり用意されていたらしい。

（正直ハメられたようで癪だが、今は状況が状況だからな）

少なくとも【テンプラム】開催までの間は、テスフィアを心置きなく訓練や学びに集中できるようにしておいてやる必要がある。彼女の性格上、心配事を抱えたままだと何も手に付かなくなってしまうからだ。一極集中型といえば聞こえはいいが、そのへん、彼女はどうにも仕方のない不器用者なのだ。

「ハァ～、仕方ないか。【テンプラム】に支障が出たら本当に笑えんからな」

「ですね。もはやふざけてます？　と問い詰めたいところですが」

微笑の中に圧を忍び込ませたロキが、テスフィアにじろりと冷たい視線を投げかける。フローゼの書斎で随分話し込んだが、それでもまだ夕暮れ前である。テスフィアを問い詰めるには、それこそ十分過ぎるくらいの尋問時間が残っているはずだ。

アルスはテスフィアの襟を掴み、有無を言わせず自室へと引き入れた。

「ちょ、ちょっと待ってよ。お母様に許可をぉ……！」

「うるさい、こっちはもうとっくに巻き込まれてんだ。大事に立ち向かう前に、これ以上細かい面倒ごとを増やすな」

最後にスッと部屋へ滑り込んだロキが音もなくドアを閉めると、フェーヴェル家の長い廊下には、ようやくしばしの静寂が戻ったのだった。

アルスとロキがフェーヴェル邸に到着する数時間前……正確には、その日の早朝。
いつもなら、この時間はまだ静まりかえっているはずのフェーヴェル邸は、普段と少し違うムードに包まれていた。

国内外問わず、フェーヴェルの名前は長い歴史とともに広く知れ渡っている。魔物に追われた人類が人工環境の管理下にある現代――具体的には全文明活動が狭い生存圏内に押し込まれ、7カ国の形に統合された今でも、高貴な血を脈々と受け継いでいるのだ。

そして魔物の出現以前からある名家故に、その血筋には多くの支族がある。もっとも純粋な封建制など過去のものになった現代において、貴族の支族の中には、時代の動きに飲み込まれて没落し、爵位その他を本家に剥奪・併合されて消えていった家も数多い。

フェーヴェル家の支族とて例外ではないのだが、それでもまだ比較的多くの分家が残っているのは、歴史の長いフェーヴェルならではのことであろう。

そんな大貴族家が、今朝はただ事ではない気配に揺れている。

こんな時間から、広大な邸宅前には何台もの魔動車が止まり、分家の諸侯らが続々と集まってきている様子だ。現在の当主はフローゼ・フェーヴェルではあるが、一族全体の意思決定システムは絶対王政じみた独裁ではなく、支族の諸侯もそれぞれに権勢と発言権を保っている。寧ろこの時代、本家とて分家と連携して家を盛り立てなければ、立ち行かない状況になっているのだ。長い歴史故、時代の変遷に飲み込まれんと一族で支え合うその姿は特別珍しいものでもない。

その点でいえば、まさに新進気鋭の貴族であるソカレント家などは、まさしく時代の申し子とも言える。人類の宿敵たる魔物の出現により、未来を守る英雄として登場した魔法師。拡大する一方のその存在感に加え、軍での実績と力が物をいう現代だからこそ、ヴィザイストに率いられ一代であれほど成り上がれたのだ。

そんな喧噪の中、フローゼは冷たい目で、己の書斎から門前の光景を見下ろしていた。

「まったく、子供達まで連れてきたのね」

呆れ気味なフローゼに、控えていたセルバが言う。

「当主様、それだけではなく子弟らの従者その他、招きもせぬ者達まで伴っているようです。黙って見過ごすには、さすがに少々行き過ぎているかと」

「いえ、まだギリギリのラインね。彼らはなかなか強かよ。あの頭数は、威圧ではなく熱意の証明でしょうね。どうせ、支族の者が総出で現当主に一言申し上げる、そんな覚悟の表明ってところなんでしょ」

「つまりは、全ては偽りのない心と本家への忠誠心から出た行動で、やましいことなど一つもない、というわけですか」

セルバに言わせれば、いっそ失笑ものだ。あの中にはフェーヴェル本家からの毎年の支援金により、辛うじて貴族としての生活を保てている家もあるのだから。そのくせ、彼らは本家に全面的に平伏す訳でもなく、表立って反旗を翻すでもない。何事につけても我が身可愛さで日和見主義を選ぶくせに、いざとなればこうして集まり、既得権益だけは執拗に主張する。彼らに正義があるとすれば、それは現当主フローゼではなく、フェーヴェルそのものに対する忠誠心からくるものだろう。

「すぐに親族会議が始まります。お嬢様はまだ到達しておりませんが如何しますか?」

「構わないわ。彼らだって、まだ学生のフィアを会議に同席させるつもりはないでしょうし」

薄く笑うフローゼの元に、主だった分家の連名による書面が送付されてきたのは、昨日のことである。それは親族会議の開催要請であり、一定数以上の支族長らのサインが入った正当な申し入れである以上、当主とて拒むことはできない。

「おそらくは、開催予定の【テンブラム】と、それにまつわる諸問題の責任追及が主な議題となりましょうか」

「でしょうね。彼らが得ている情報は少ないはずだけれど」

セルバの推測は、フローゼの読みとも完全に一致するものであった。

「左様です。アルス殿については、まず調べているとは思えませんが」

「まあ、そこについては会議が始まればすぐに分かるでしょ。セルバ、場合によっては少々〝躾〟が必要になるかもね。何かあれば容赦なく一喝してやって」

「承知いたしました」

そう答えてから、セルバは書斎のドアを開ける。それから頭を下げたまま、会議場へと赴くフェーヴェル家当主をうやうやしく送り出すと、自らもすぐにその後を追った。

豪華な調度品に家具がしつらえられた大会議室。

その大扉が開くと、椅子を鳴らして一斉に立ち上がった分家の面々が、老執事を伴い、つかつかと入室してきた冷徹なる女丈夫を恭しく出迎えた。

「我らフェーヴェルの偉大な当主様に、分家一同、つつしんでご挨拶を申し上げる」

　まず長老格が挨拶を発し、下の者が次々とならうのを軽く手で制すると、フローゼはごく無造作に上座に座る。その堂々たる姿は、当主として侵しがたい威厳を放っている、というより明らかに不機嫌そうですらあった。

　彼女がちらりと冷たい視線を投げかけただけで、室内の温度が数度は下がったように感じられる。

「遠いところから、ご苦労様」

　その一言に分家の面々がゆっくりと腰を下ろしたが、彼女はいかにも棘のある口調で続けて。

「私も忙しい身ですし、さっさと始めましょう」

「では、私から」

　フローゼの一番近くに座っていた、ヴェルデール家の男が立ち上がる。この家は先代の兄弟筋の家柄で、元首より伯爵の位も賜っているれっきとしたフェーヴェルの血統だ。彼の額から後ろに流した赤髪は、文字通り色濃くその血筋を感じさせるもの。他の支族長らの、赤茶けていたりどちらかというと茶色寄りだったりする髪色と比べれば、一際鮮やかですらある。歳はフローゼよりも何歳か上で、魔法師としての実力も三桁の上位クラスと、分家を代表するに相応しい人物だ。

「まず、当主様に確認したいことがございます。このたび、あのウームリュイナ家と【テンブラム】で事を構える流れになったというのは事実でございましょうか？」

「ええ、その通りよ」

わざとらしいどよめきが室内に湧き起こる中、ヴェルデール家当主、ジルマン・ヴェルデールは「では、敗れた時にはテスフィア嬢がウームリュイナ家に入る、という約定の噂も真実なので？」と念を押すように強調する。なぜそんな大事なことを勝手に決めたのか、と分家筋への不義理を問いただす流れだろう。

フローゼは呆れたようにテーブルに肘をつきつつ、端的に言い放つ。

「当主としての決定よ」

「告知義務はないと？　我々はフェーヴェルに連なる名家です。誇りあるフェーヴェル本家の娘が他家に嫁ぐことの意味を、分かっておられぬとは言わせません。しかもその先がウームリュイナとなれば……何かあれば我らが全員、その下風に立つことを認めたに等しい」

「フィアは私の娘です。分家の方々に、どうこう言われる筋合いがあるとは思いません」

【テンブラム】自体はいわば騙し討ちで認めさせられたに近い流れだが、その手落ちを悟らせては、勢いづく分家達の前でかえって不利となる。そこでフローゼは、テスフィアの婚姻を含め、あえて全ては自分が当主としての権限の下で決定したもの、という形を強く前に押し出した。

だが、このにべもない返事を前に、会議室には一気にぴりりとした緊張の気配が満ちた。ジルマン・ヴェルデールをはじめ、分家の連中はわざとらしく眉間を摘まんだり難しい顔で腕を組んだりと、総じて全身で不服の意を示している。

「分家あってのフェーヴェルであることを忘れないでいただきたいのです、当主様」

ジルマンは、もはや遠慮もなしに鋭い視線をフローゼにぶつけてくる。

その瞬間、フローゼは傍で控えるセルバに起きた微妙な変化に気づいた。彼の灰色の眉が、ごく僅かではあるが内心の怒りを含むようにピクリと動いたのだ。常に冷静沈着なこの老執事にしては珍しい感情の発露といえるが、室内でそれを悟ったのはおそらくフローゼだけだろう。

少し前から、この親族会議その他の力関係において、分家らの発言力が増してきているのは間違いない。それはフローゼの退役からさすがに時が経ち、多少なりとも軍への影響力が落ちてきたからか。それとも、分家の中でも優秀な子弟らが次第に頭角を現しつつある故か。

フェーヴェル家の伝統上でいえば、分家は本家を支える支柱であり、それ以上でも以下でもない。人材の育成に熱を入れるのも、いざとなれば本家の役に立てるためというのが正当な理由であったのだが……長い時間と人類を襲った未曾有の混乱の中で、そんな古めかしくも美しい、純粋な絆の形は、とっくに崩れてしまっていたのだろう。

「確かにフェーヴェルは分家に支えられているところもあるわね。まあ、逆にこちらが手厚い支援で支えている家もあるのだけど」

チラリと言葉に棘を含めて見渡せば、席にいる者のうち二、三人は顔色を無くすはず。そう踏んでいたフローゼだったが、意に反して平然とした反応ばかりが返ってきた。

（ふぅん。この揺さぶりも予想のうち……裏切りとまでは言わないけど、結託具合はばっちりってわけね。ヴェルデール家が代わりの支援を約束したわね。──確か、あそこの人工農産物事業はここ数年で大きな利益を生んでいたわね。持続的には難しいかもしれないけど、この場で分家を纏めるには十分な見返りを用意してたってことかしら）

前述の通り、分家が付け上がるのは今に始まったことではないが、ここまで用意周到に、意を通じての集団行動は初めてだ。

こほん、と一つ咳払いをしてから、ジルマンがおもむろに口を開いた。彼はこれが皆の総意だと言い含めるかのように、ことさらに身振り手振りを交え、重々しくもったいをつけながら口上を述べる。

「我らは長年に渡り本家を支え、忠誠を誓い、尽くしてきました。同じフェーヴェルの血に誇りを持つ者として、その心に偽りはありません。ヴェルデールの長として、本家の過ちを示し、正しき道に引き戻す義務があると心より信じます。どうか今一度、【テンプラム】の件はお考え直しいただきたい」

この熱弁に、追従するかのように頷く者が多数。

彼らの主張がはっきり示された今、フローゼはもう一度足を組み直し、居並ぶ分家の長達を改めて一瞥する。若いころより智略に優れ、今も老練な当主たる彼女の眼力をもってすれば、その彼らの瞳には、様々な色が見える。そうそう無茶をされてはたまらない、という保身欲もあれば、純粋に家の未来を憂う誠実さの光すらも。

「その通りですわ。やはりフェーヴェルに連なる者として、私もまた、現状を見過ごすことは出来ません」

フローゼの左側に座っていた恰幅の良い女性が割り込んできて、不敵に微笑む。

ハンブローデン家の女当主……ファリパ・ハンブローデン。支族内では血統面でトップのヴェルデールに続く、武門の家柄の長である。家柄のヴェルデール、力のハンブローデンといったところか。

「どちらにせよ、対応は必要でしょう。いえ、寧ろ【テンプラム】は今から取り下げて争わず、積極的にテスフィア嬢をウームリュイナ家に輿入れさせるのも妙手では？」

逆転の発想だが、これに同意する声もちらほらと漏れる。

「純粋にフェーヴェルの先行きを考えるなら、個人的な感情を排してウームリュイナに取り入る手段も考えて然るべきかと。いえ、下風に立つのではなく逆の意味ですわよ、もちろん」

妙案のつもりか、脂肪で多少膨れた顔に、にっこりと笑みをたたえつつの発言である。つまるところ、懐に入っておきながら逆に喰らいとる。軒下を借りて、家を乗っとるに等しい戦略である。

が、武門の家たる彼女は情報には疎い部分があるのだろう、まだウームリュイナ家の現状を把握できていないようだ。なにしろ軍によって「疑わしいところあり」と密かに調査対象とされ、元首からも目を付けられている状態なのだ。たとえ元王族だろうと、今のウームリュイナは、底板に穴の開いた船も同然。

そこへいくと情報収集に長け、軍とのパイプもあるフローゼは、さすがに政治面では巧者である。

（仮に一連の事件と彼自身は無関係だとしても、あの小僧の野心は、いずれ身を滅ぼしかねないわ。いかに慎重で狡猾に立ち回ろうとも、危うさを隠しきれないのよね。だとすれ

ば、彼が野望を抱いて行き着く先はきっと断崖絶壁、まさに破滅の淵ね）

フローゼは、そんな情報弱者たるファリパに、もはや哀れみすら感じつつも。

「それはありえないわ」

「「――!!」」

まさに一刀両断、フローゼの一言はそれほどの衝撃を場に与えた。

「フローゼ様、それでは【テンプラム】を断行されると!?」

「あまりにも危険だ！　名誉を失うだけでなく、ウームリュイナに付け入る隙を与えれば、家が傾くきっかけになります！」

「長きに渡るフェーヴェルの栄光を、当代で途絶えさせるおつもりか！」

信じられないといった様子で、口々に捲し立てる分家の者達。そんな中、混沌としている会議室の空気を切り裂いて、鋭い一声が響き渡る。

「お鎮まりあれ！　御前ですぞ！」

それは、セルバの一喝であった。同時に、虎の睥睨を思わせる視線が、部屋中を睨みつけていく。抜き放たれた白刃じみた、射すくめられた者の魂までも断ち斬るような冷たい眼光。いつもの好々爺然とした雰囲気が一変して、異様な迫力である。

「うっ……」「ぐ……」

逆上と同時に顔にのぼった熱を冷まされ、ほとんど背筋に氷を詰め込まれたような思いで、分家の者らはぴたりと動きを止める。続いて浮ついた腰を次々と椅子に下ろしていく彼・彼女らを、フローゼは冷たく見回す。

「ウームリュイナには断固とした態度で臨みます。我が家の歴史と栄光を汚さないためにこそ、フェーヴェルは彼らの下には付かない。議論の余地はないわ。事前に知らせがなかったことへの不服だけならば、まだ耳を貸す余地もあったでしょうけど」

厳かな口調で、フローゼは浅はかな連中を一瞥する。彼らは彼らで、確かに自分なりの理に従ってはいるのだろうし、貴族の在り方としては正しいのだろう。たとえ私心が少しばかり混じっていようが、全ては善かれと思ってやっていることで、少なくともこの家を害するつもりではない。寧ろフェーヴェル家の存続を第一に考えていることは確かで、穏健に異を唱える者も、万が一を想定し備えようとしているに過ぎないのだ。

「ふむ。そこまでのお覚悟とあれば……フローゼ様の決定に異論はございません」

ジルマンが小さく肩を竦めると、真っ先に慇懃な一礼を以て忠誠を示した。その〝変節〟ぶりはいっそ意外なくらいだったが、よほどセルバの一喝と、フローゼの断固とした態度が胸に応えたのか。それに続いて、他の分家の長らも次々に立ち上がり、深々と頭を下げる。

「フローゼ様、この度の【テンブラム】には是非、当家の精鋭をお使いください」

誰かがそう口火を切ればそこは分家根性の哀しさ、次々と皆が同調していく。我が家の護衛隊長は四桁魔法師だとか、どこそこの優秀な師の下で学んだ息子をお役立てください、といった申し出が相次ぐ有様だ。

フローゼがちらりと目配せをすると、セルバがそんな混乱を押しとどめるように前に進み出た。

「すでに主だった人選は済んでおりますが、申し出はありがたく受けさせていただきます。もちろん分家の方々にもご協力していただかねば、勝利は覚束ないと当主様も存じておりますゆえ」

鞭の後の飴ではないが、これは一種の譲歩である。すでに半ば人選は決まっているのだが、分家の反発は予想の範疇。なので予め人員リストには、補欠や予備人員についての空き枠を設けてあったのだ。

しかしこれだけでは、分家の不安を一掃するにはまだ足りないだろう。何せフローゼならいざ知らず、指揮を執るのがまだ学生のテスフィアなのだ。そして、唯一認められた貴族外の助っ人、フェーヴェル家のゆかりではないアルスの参戦ですら、分家をなだめる切り札にはならない。寧ろ彼の本当の身分を知らない者の目からすれば、アルス・レーギンは面白からぬ素性の怪しげな人物、いっそ不安材料にすら映るだろう。

今、フローゼとセルバがもっとも避けたいのは、分家がいたずらに騒ぎ立てることで、【テンブラム】に向けてテスフィアとアルスを取り巻く環境が落ち着かなくなることだ。

アルスはこの程度で欠片も動揺などしないだろうが、テスフィアは別だ。フローゼとしては、今でさえロキに比べ出遅れているように見える我が娘が、何かしでかして彼の不興を買うような事態は絶対に避けたい。それはもちろん、その〝先〟も見据えてのことである。

（このぶんなら、フィアに手料理の一つも仕込んでおけば……いや、私が言えた義理じゃないし、今更ね）

フローゼは小さく嘆息して、無意味な思考を止めた。

もちろんアルス自体の所属が天秤に乗っている以上、彼があえて手を抜くといったことはないだろうが、今回の【テンブラム】のキーマンは、間違いなくアルス・レーギンなのだ。アイルの関心は実のところ、政治的な道具に過ぎないテスフィアよりもアルスの武力にあるのだろうし、そもそも彼がいなければ、フローゼもこれほど大きな賭けには出なかっただろう。

「セルバの言った通りよ。【テンブラム】への参加人員は、分家の地位にかかわらずこちらで有用だと判断した人を優先するわ。それでは、連絡はまた追って伝えるわ」

一先ず厄介ごとを片付けたつもりのフローゼは、これでお終いとばかり、やや強引に席を立とうとしたが……。

「しばし」と、裾を掴むようにして引きとめたのはハンブローデンの女当主・ファリパである。彼女は神妙な顔で、重々しく語り出す。

「今回の火元は、テスフィア嬢の通われている第2魔法学院だと聞きましたわ。だとすればそんな荒れた環境下では、彼女の次期当主としての資質を伸ばす上で、少々問題があるのでは？」

「遠回しね。要は、フィアの現在の資質に疑いがあると？　学院の環境が悪いというなら、一門の私塾への転入でも申し入れるつもりなのかしら」

フローゼが少し目を細めると、そこは武門の家だけに、ファリパはにこやかに微笑して その微妙な圧を受け流しつつ。

「いえ、その、フローゼ様も、なんでも最初は、テスフィア嬢の学院入学には反対されていたとか」

それはフローゼも認めざるを得ない事実だ。情報収集には長けていない家だと侮っていたが、少々痛いところを突かれた感がある。

「テスフィアお嬢様が優秀だというお噂はかねがね聞いておりますし、フローゼ様の当主としての覚悟も先程うかがいましたが、それでも万が一【テンブラム】で悪い目が出た時の備えを怠るわけにはまいりません」

いかにも深刻そうな表情を浮かべつつ、彼女は「そこで」と一度言葉を切る。

「念のためではありますが、次期当主候補を立てておくのは、如何でしょうか。資質に優れ、いずれ秘継者ともなり得るような人材を」

「…………」

思わぬ方向から矢が放たれてきたものだ。意外ではあったが、フローゼの腹の奥に怒りはない。

（なるほど……）

こう来たか、という印象である。フェーヴェルの直系子女は、代々次期当主たる資格を有しているが、実はそれはただの慣習法にも似たものであって、絶対の掟ではない。幸いにしてフェーヴェルの歴史を紐解いても、分家が一時的に当主の代理を務めることはあっても正式に当主を襲名することはなかった。

だが、今は少々事情が変わってきている。ヴィザイストのソカレント家の例もあるが、貴族社会において、ますます実力重視の傾向が高まってきているのが実情だ。そして遠回しとはいえ、分家の中でも力に秀でたハンブローデン家のファリパが持ちだした理は、さすがのフローゼも言下には撥ねつけにくい。

（そう、この話題を持ち出すための、〝今〟だったというわけね）

ただの次期当主候補としてだけでなく、複数ある秘伝の継承魔法を過不足なく操れる「秘継者」の資格は、そのまま誰もが認めざるを得ない圧倒的な実力の証明でもある。またフエーヴェルの悲願でもあった。テスフィアは、確かにまだその領域には至れていない。その問題が今、蒸し返されているのだ。

こうなってくると分家はなまじ、露骨に動かないだけあり面倒な連中であることに違いはなかった。実のところフローゼとて秘継者の資格は有しておらず、主に軍で築いた地位と政治力を背景に、分家の先代達の異論を抑えて当主となった流れがある。

そして彼女が兼ねてテスフィアに結婚を強く勧めてきたのは、こういった事態をどこかで予想していたからでもあった。分家から一目置かれ、やがて生まれてくるはずの子供にも期待できる優秀な伴侶をテスフィアが迎えてくれれば、と。

しばし沈黙したフローゼの態度を押しどころと取ったのか、ファリパに続いてヴェルデール家のジルマンまでが言葉を重ねてくる。

「確かにその通りかと。テスフィア嬢は、未だ秘継者と呼ぶにはほど遠いようですが、それでは困る。分家の者を統率するなら、我らがフェーヴェルの真の後継者と思えるほどの実力者でなくては、次期当主としての器に疑義が生じるというもの」

かつてテスフィアが秘技たる【アイシクル・ソード】を習得した時、フローゼは殊更にそれを褒めることはしなかった。それは口にこそ出さなかったが、分家の子弟達が同年齢にして、すでに同等の上位級魔法を使いこなし得ることを知っていたからだ。

私塾や特別な家庭教師の下で、徹底的に英才教育を施されてきた手中の珠たる子供達。テスフィアもまた群を抜いた資質を見せていたが、分家の子女らと比べて遜色ないほどだったかというと……。

（いえ……でも、今のフィアなら）

彼女がここしばらくずっとアルスの薫陶を受けていること、秘密の訓練めいたものを潜り抜けてきたらしいこと。その点をふと思い出し、フローゼは微かに口角を上げる。脇に立つセルバも同じことを思ったのか、同調するようにコクリと頷いて見せた。

（そうね。私が信じてあげなければ……でも）

だが、そう思い切ってなお、フローゼは老獪さにも似た慎重さを忘れられない。分家の子女らの現在の成長具合を、彼女は把握できていないのだから。

ヴェルデールの当主たるジルマンは順位こそ三桁ではあるが、実力的にはその中でもかなり上位であり、ほぼ二桁に迫る実力者だ。ハンブローデンの女当主・ファリパもジルマンには劣るが、その実力は三桁魔法師に匹敵する上、縁者や従者には粒ぞろいの精鋭が揃っている。

一瞬逡巡するフローゼを他所に、ファリパが謙遜の体裁を取りつつ、例の子供達に関する話題を切り出した。

「ヴェルデール家の娘さんは、テスフィア嬢の一つ下のお年でいらっしゃったのでしたっけ？　ウチの息子は一族伝統の氷の他にもう一つ、二系統の適性を持つ優秀さですが、まだ両方を極めるには少しばかり至らない部分がありまして……まあ、伸び代は分家の中でも随一だ、と家庭教師の先生は褒めてくださっておりますの。親馬鹿で恐縮ですが、いずれは一族の至宝ともなり得るもの、と思っておりますのよ」

早くもヴェルデール家を強敵と見做しているのか、表面上はにこやかだが、その目はまったく笑っていない。相手の娘を褒めるふりをしつつ、かえって息子自慢につなげる話芸は、隠しきれぬライバル意識があってのものだろう。

「ふむ、うちの娘も最低限の才能があるというだけで、まさか直系の血筋より優れているとまでは思っていなかったのですがね。おかげさまで、氷系統の使い手としてなら、不遜ながら当代一との呼び声も高い」

ジルマンのほうは、もはや遠回しとは言いづらい表現で、娘の才能を誇示してみせる。当代一というその表現は、まさしくテスフィアよりも上、と言い切ったに近いのだから。

「とはいえ、御家のローデリヒ君も、歴代一の才能らしいな」

「ええ、そちらのテレシアさんからすれば二つ年上だけど、我が息子はフェーヴェル家を盛り立てるには十分な資質があると感じております。第2魔法学院にこそ通っておりませんが、いずれ、かの有名なシスティ・ネクソフィア級の魔法師の指導をあおげれば、一層の才能を開花させるだろうことは請け合いですわ」

そんな水面下での対立を、フローゼはあくまでも冷ややかに見つめていた。

この展開を見越して、彼らはこの場に子女を連れてきたのだろう。彼女達の子供は、分家同士の無駄な諍いを避けるためもあって、テスフィアが通っている第2魔法学院へは入学していない。分家たるもの、いついかなる時も一歩下がり、自らへりくだって本家を補佐するべし、という伝統的な慣習のこともあるが、テスフィアを分家の影響力から遠ざけるために、フローゼが自ら推し進めたことでもある。

そして表面的にはその方針に従いつつも、いつしか分家の者達は、油断なくテスフィアの資質を探るようになった。結果、彼女の大成はないと判断してその資質を見限り、密かに自分の子らを徹底的に教育してきたのである。それも「分家の子弟は本家の直系に何かあった時の保険」として。

無論、ある意味で、一度はテスフィアの魔法師の道を見限ったのはフローゼも同じである。しかし、分家の長らは知らない。かの娘が、学院でアルスとの出会いという奇縁に恵まれたことを。だからこそ、あくまでも強気でこんなことを切り出す。

「如何でしょう、フローゼ様。フェーヴェル始まって以来の決断をなされては」

「当家も同意ですわ、ぜひともお考えいただければ」

ヴェルデール家とハンブローデン家、両当主の言葉を皮切りに、その提案を支持する分家代表者らの声が、そっと会議室の中に広がり始める。

そこにセルバが一歩踏み出し。

「皆様方、少々思い上がりの度が過ぎるのではありませんかな。いかに子弟の方々が優秀であろうと、フェーヴェル家の直系はテスフィアお嬢様だけ。してみればお嬢様こそがフェーヴェルそのものであり、それ以外は、フェーヴェルからすればどこまで行っても傍流に過ぎません」

辛辣な言葉とともに放たれた、老執事の再びの鋭い眼光。並み居る分家の当主達は少なからずたじろいだ様子だったが……件の両当主のみは、違った反応を見せた。

ことにジルマンにいたっては、困ったような笑みを浮かべつつも抗弁してくる気配だ。

どうやら先に見せた態度はセルバの威圧に怯んだわけではなく、場の流れを読み取った上での、一時の戦略的撤退に過ぎなかったらしい。

「セルバ執事、どうも誤解があるようだ。我々はテスフィア嬢の資格自体は疑っていない。証明していただきたいのは、あくまでその〝資質〟についてなのだ。なるほど、確かにそこを曲げたとしても、フェーヴェルの存続方法はいくらでもある。しかし、秘継者のことを持ち出すまでもなく、昨今の情勢を見れば当主の実力面については軽視することは不可能だ。もうテスフィア嬢も十七だ、この偉大な家を継ぐ覚悟だけでなく資質はお持ちか？　そこを改めて問いたいのですよ」

ジルマンが殊更に声を張り上げるのに、ファリパも乗じて。

「まったく同意ですわ。そもそも元首様の周囲すら不穏な情勢が続き、特別に新たな近衛隊が結成されたくらいですからね」

どうやらリリシャらの新生【アフェルカ】のことを言っているらしい。でっぷり太った彼女はそのまま続けて。

「さらにソカレント家の隆盛を見ても、今は氏より力が求められる時代。本家の血筋に愚直にこだわり続けるより、家全体の存続を優先すべきなのは自明の理では？　そもそも我らとてフェーヴェルの血を継ぐものなのですから、一族の未来に対して、思うところを自由に提言する権利があって然るべきですわ」

「その通りかと。そして有用な進言という意味では、私に一つ考えがございます」

そしてジルマンは、あえてうやうやしく、〝本命〟たる提案を議題のテーブルに載せる。

「フローゼ様……どうか我が娘、テレシアを養女にお迎えください」

策士たる彼の本領発揮である。【テンブラム】開催におけるフローゼの責任を最初に糾弾しておきながら、セルバの威圧に引いて見せたのは、とっさに打った布石だ。一度は譲っておいてから次善の策であるこの要求を切り出せば、いかにフローゼとて、分家を取りまとめる彼の願いを二度続けて拒否することは、心理的に難しくなる。

しかも【テンブラム】続行が他ならぬフローゼの意向で決まった以上、戦力増強の意味でも娘を押し込むことはより理にかなって見え、結果的に我を通すことが容易になると読み切ってのことだ。

たちまち会議室中に、大きな動揺の波が広がる。最初こそ口をあんぐり開けて驚いていたファリパも、すぐに我に返った様子で、慌ててライバルに追随する。

「フローゼ殿、ならばうちのローデリヒも、ぜひ養子として……」

そんないかにも節操のない言動に呆れたように、フローゼは今度こそ一喝して。

「それぐらいにしておきなさい。何もこの場で全てを決める必要はないでしょう。一先ず両家の申し出は心に留めておくけれど、これだけは言っておくわね。安心なさい、【テンプラム】がどのような結果になろうと、ウームリュイナには何もさせないわ」

そこについては、確証がある。フローゼの推測が当たっていれば、遠からずウームリュイナは政治の表舞台から姿を消すだろうから。加えてアルスの存在を利して、【テンプラム】に勝利することができれば、なお盤石ではあるが。

(それにフィアを育て、才能と真価を引き出す良い機会でもあるわね)

娘を養子に、と提言するほど考え抜いていたジルマンと、単に実力をアピールするだけの意図だったのであろうファリパ……当主の思惑の深さはやや違えど、結果的に彼・彼女の子女であるテレシアとローデリヒは、テスフィアへの思わぬ対抗馬となったことは確かだ。将来の火種になりかねない危険因子を軽々しく養子に取るのは考えものだが、二人を【テンプラム】に参加させる有用性を否定できない以上、戦力として試験する機会を設ける程度は、やむを得ないだろう。

表舞台で比べられることになるテスフィアには試練が訪れることになるが、それすらクリアできないようなら、所詮は……。

フローゼの心に宿る当主としての顔が、彼女の心を氷の薔薇で包み込む。

「両家の子女に限らず、真に相応しいものを一人養子に迎え入れる用意だけはしておきましょう。セルバ、【テンブラム】前までに書類を用意して。すぐに元首様が受理できるよう、手配しておくように」

「はい、当主様」

セルバの対応に動揺はなく、寧ろ予定調和と言わんばかりの受け答えである。そんな様子を見て、ジルマンが顔に喜色を浮かべつつも、やや訝しむように。

「おお、それはありがたい。ただフローゼ様、養子に迎え入れるための資質をどうやって見極められるのですか？」

「そうね、【テンブラム】に備えてじきに模擬訓練を始めるつもりですから、その場に加わっていただくというのはどうかしら？　見たところ、【テンブラム】への異議申し立てに威勢を付けるためだけに、ご子息方を伴ってきたわけじゃないでしょう？」

精一杯の嫌味である。やはり、ヴェルデール当主たるジルマンは食えない男だ。第一優先は確かに【テンブラム】中止であったのかもしれないが、それが成らないと見るや、娘の優秀さをアピールしつつ、あわよくば養子にという奇策を持ち出してくる。転んでもただでは起きない、というわけだ。

そして、演習じみた訓練には当然テスフィアが参加する。その舞台に例の二人の子女をも上げてやれば、格付けをするには十分だろう。あとはテスフィアが真価を発揮できるかに懸かってくるが、せめてお膳立ては整えてやったつもりだ。

「万事、承知いたしました。ありがたいご配慮に感謝いたします。ですが」

ジルマンはここで、うやうやしく頭を下げて一礼する。

「無礼ついでにもう一つ、ここでどうしてもお願いしたきことがございます」

すっと顔を上げた彼の目の光には、強い意志が見て取れる。一歩進み出ようとしたセルバを押しとどめて、フローゼはあえて寛容さを示す笑みで。

「いいわ、言ってみなさい」

「お眼鏡に適い、娘・テレシアが本家に迎え入れられた暁には、ぜひとも直系の子供と同じように継承魔法の伝授か、その道への挑戦をお許しいただきたく」

これにはファリパまでもが大きく目を見張り、慌てて叫んだ。

「つ、慎みなさい！　それは直系にのみ許された秘伝よ!?　そもそも継承魔法とフェーヴエル家を残すこととは！」

そう、根本的に異なる。現にフローゼがそうであるように、継承魔法を使いこなす秘継者でなくとも、家を継ぐことはできるのだから。だが、声を荒らげたファリパに対して、ジルマンはもはや丁重な言葉遣いすら捨てて、冷たく言い放つ。

「それは分かっている。だが、それも全て家のためだ。私の父は先代の弟であり、最後まで先代と本家に忠義を尽くすよう、死の床ですら固く命じられて逝かれた」

「はぁ!?　忠誠という意味なら、我がハンブローデンだって！」

「どうかな、ハンブローデン家は、フェーヴェルの先代に対して忠誠を尽くすことを怠っていただろう？　それどころか傍系にもかかわらず力におごり、不敬を働いたこともあったであろう？　未来に高貴なる血をつなげていくこの偉業において、資質は当然問われることになるだろう」

　ダンッとテーブルが鳴る。掌を大机に叩きつけて立ち上がったファリパは、眦を吊り上げて怒鳴り返した。

「我らハンブローデンを、除外するつもり!?」

　その眼光を、ジルマンは涼やかに受けとめる。

「そうではない。もし実力を示せたならば、それがハンブローデンの筋の者でも一向に構わんさ。ただ、私は分家を代表して望んでいるのだ。フェーヴェルの血と秘技を共に併せ持つ、資質にあふれた当主を。いや、秘技を受け継ぐ当主こそ求めていると言っていい」

　ここで彼は一度言葉を切り。

「良い機会だ、はっきりさせておこう。我がヴェルデール家は、本家に対する真の忠義とは、型にはまった直系継承の伝統を固持することではなく、何よりも力ある血を後世に残すことだと考える」

「そ、そういうことなら……！」

この流れなら息子・ローデリヒにも十分に可能性があると読んだのだろう。ファリパがまたも追従する気配を見せ、居並ぶ長老格達も、次々と立ち上がって同意を示していく。

「………」

フローゼは無言で納得した。彼ら分家は、やはり忠誠を誓った者ではあったのだ。ただ、フローゼ個人ではなく、あくまでもフェーヴェルの家に。

だが、それとこれとはまた別のこと。何よりここまで付け上がられてはフローゼの威信に関わる。三大貴族の一角を担うフェーヴェル家ならばこそ、この手の分家の思い上がりを看過することはできない。無論、何割かは不甲斐ない当主たるフローゼ自身の責任でもあろうが、引いておかなければならない一線というものはある。

フローゼは頬杖をついて、並ぶ分家を冷ややかに睥睨する。

「揃いも揃って、夜郎自大も甚だしい」

フェーヴェルの名に誓った忠誠など、彼らの動機のせいぜい半分でしかない。残り半分は、本家に対してくすぶり続けていた反発心の噴出であろう。

だが、ある意味でこれは起こるべくして起きた出来事でもある。魔法師としての腕が何より評価される昨今、フェーヴェルは先代から秘継者はおろか、継承魔法を完全習得した当主を立てることすらできていない。家の存続という大義自体は辛うじてなせても、力を示すことには失敗しているのだ。氷系統の名家として名を馳せたかつてのフェーヴェルは今や見る影もないのだから。

フェーヴェル家で秘継者と呼ばれたのは、先々代が最後である。

フローゼの父もまた、継承魔法を完全にものにするには至らなかった。そしてフローゼは、そこからさらに遠い……その事実はずっと、他ならぬフローゼ自身の心にわだかまっていたのだろう。

テスフィアの資質について、人一倍気にしていたのも学生としては十分に優秀なはずの娘に対し、さらに上を求めすぎるが故に、かえって絶望感を味わったのも。

全ては己の至らなさのためだった、と今更のように気づく。

（私もまだまだ未熟だった、ということなのね。でも……）

テスフィアならば、超えていけると思う。全ては親の身勝手と知りつつも、やはり娘が自ら舞台に立って、証明すべきだとも思う。

（だからこそ、私がここで一喝して収めるべき事案ではないとも考えられるわね。彼らを抑えこむための根本的解決方法は……きっと、フィア自身が持っている）

表情にこそ出さないが、フローゼは冷静な当主としての仮面の裏で、ニヤリとほくそ笑む。

そんなフローゼの目の前で、言いたいことは言い切ったとばかり、ジルマンは口を噤み、深々と腰を折って詫びる。

「場をわきまえない長口上を述べ、非礼を働きました。申し訳ございません」

だが、殊勝に見える謝罪の言葉とは逆に、その態度にはなんと言われようとも我が主張を通すという、「分家の総意」を背にした有無を言わせない圧がある。そしてフローゼも、そんな不可視の空気が感じ取れないほど、愚かではない。

「仕方ないわね、構わないわ。そうね、継承魔法については、確かにフィアも全てをマスターするに至っていない。もし模擬訓練の場で、ヴェルデールのテレシアかハンブローデンのローデリヒが真に実力を示したというのなら、いずれかの伝授か挑戦を認めましょう。本当にそれだけの資質が証明されたならね」

「重ね重ねの無礼に対して、真摯なお返事をいただき恐縮でございます。ならば我が娘には、機会がございましたら【桎梏の凍羊《ガーブ・シープ》】の魔法式をお教えいただければと」

「……」

更なる踏み込みを躊躇しないジルマンの物言いに、フローゼはすっと目を細めた。呆れた傲慢さというよりも、その名がするりと出たことに、多少の驚きを禁じえない。

【ガーブ・シープ】は先々代当主が習得した継承魔法の一つだ。その名がすっと出てくるあたり、本家に最も近しい家柄であるヴェルデールだけに、事前にもろもろを調べ切っていたのだろう。

フェーヴェル家には、確かに継承魔法としていくつかの強力な魔法式がある。当主が必ずしも氷系統の使い手として傑出していない場合も考慮し、複数枚の切り札を用意したということらしいのだが……。

しかし、それでもこれは意外な申し出でもあった。【ガーブ・シープ】は分家の反対を押し切って軍に提供した継承魔法の一つ。そのため、もはやこの魔法はフェーヴェルだけが秘匿する継承魔法とは言い難い。

そもそも、フェーヴェル家は魔物の大侵攻が続いた時代に、三つの秘匿魔法を作りあげている。そして代々の当主の座には、これを最低でも一つ習得した直系の者が就いてきた。中でも秘継者《エルトラーデ》として知られるのは、先々代とその前の二人――つまりは【ガーブ・シープ】を習得した、三代前の当主と四代前の当主である。特にフェーヴェル家の最盛期をもたらし、史上最強と称されるのは、四代前の当主であろうことは、この一族に連なる者なら誰でも論を俟たないところだ。

なおフローゼとて、先代、父親から当主となるためにフェーヴェルの全てを継承したわけではない。寧ろその逆である。殆ど何も教えられないまま、父はこの世を去ってしまったのだ。そのため、乳母や祖母から叩き込まれた当主の心得や家についての知識ならともかく、これらの秘技についてはフローゼすら多くは知らない。僅かな情報しかない故に【アイシクル・ソード】などの一部を除けば、ほとんどの継承魔法は再現すらできていない。

「良いでしょう。もしヴェルデール家のテレシアが養子となった暁には【ガーブ・シープ】への挑戦を許し、基礎となる魔法式の情報も可能な限り与えます。モノにできるかは彼女次第ですけどね」

【ガーブ・シープ】は、ほとんど天候操作に匹敵するレベルの広範囲妨害魔法だ。魔法式を開示したところで身につけることは困難なはずだった。氷系統の適性以外にも、そもそも魔法の性質や式に対する深い理解と魔力演算能力に加え、莫大な魔力量が求められる。才能や努力だけでものにすることができるような魔法ではない。また、凄まじい魔力情報を処理できるだけの超高性能AWRを有することも、必要な条件に入ってくるだろう。

最上位級魔法の習得には、ある意味で天運も必要なのだ。つまりは、運命的な出会いと本人の資質が合致した上で、初めてスタートラインに着ける領域の魔法と言える。実のところ、フローゼがテスフィアに【ガーブ・シープ】を教えなかったのは、そうした理由もあった。もちろん、それがすでにいわゆる秘伝の継承魔法という扱いではなくなりつつあり、秘継者の資格とも関連性が薄れて優先度が下がったから、という部分もあったのだが。

深々と頭を下げるジルマンを前に、フローゼは内心で溜め息を禁じえなかった。ジルマンの態度は挑戦的ではあるが、彼自身が先に言ったように、本家を害する意図がないというのは恐らく真実であろう。それはあえて複数ある継承魔法の中でも、すでに軍に提供済みである【ガーブ・シープ】を求めたことからも推測できる。でなければジルマンは【アイシクル・ソード】の完成形であるもう一つの継承魔法を欲したはず――歴代最高の氷系統魔法師、四代前当主が身につけた継承魔法を。

彼はただ、フェーヴェルを守ろうとしている。それも強い熱意と危険なまでの忠誠心に突き動かされて。テレシアを今すぐ後継者にするのではなくまずは養子に、という提案も、ジルマンなりの配慮なのだろう。

（当面の間は大丈夫でしょうけど。ただ、この先は、となると正直分からないわね）

ジルマン自身に野心はなくとも、その子、孫ということになると保証の限りではないのだから。そしてフローゼ自身もヴィザイストと交流があるだけでなく、軍に身を置いていた者として、貴族界で台頭しつつある実力主義の風潮を感じ取ってもいる。

（はぁ、そうなるとやっぱり今回の【テンブラム】は、フィアにとっても、二重の意味で正念場ということなんでしょうね）

アイルとの婚姻の他に、次期当主の座をめぐるゴタゴタが加わったわけで、まだまだ至らぬ娘の先行きが気にはなってくる。

とはいえフローゼも大貴族家の当主。だからこそ、先に学院で起きた事件でテスフィアが負傷したと知った時も、それが娘の一度決めた道なら、とあえて騒ぎ立てるようなことはしなかった。かつて軍で前線に立ち、戦場の厳しさを知るフローゼだけに、娘の身の安全を第一に退学させる、というような甘さは寧ろいずれ、家を滅ぼすだけとわきまえてもいる。

その後、分家の者達が揃って去り、がらんとしてしまった会議場でフローゼはセルバとしばらくの間、今後の〝対策〟について話し込むことになった。

「……ということがあったみたい」

テスフィアの口から聞かされた、分家との騒動。

どうにも怪しいと自室に引っ張りこんで彼女を問いただしたはいいが、またも飛び出してきたトラブルの気配に、アルスとロキは唖然とする。

(なるほど、さっき見かけた親族一行の姿は、その一族会議とやらが終わった後だったんだな。親どもは帰宅、問題の子女達は模擬訓練参加のために残ったというところか)

セルバが少し騒がしくなる、と言っていたのは物理的にも、イベント的にも間違っていなかったわけだ。

アルスとしては呆れると同時に、貴族を成り立たせている家というシステムの不思議さに、ある種の興味さえ出てきてしまったが。

ロキはアルスとは違って、単に同情的な目をテスフィアに向けるのみで一言。

「テスフィアさんも大変なのですね。普段はあれほど能天気に見えて……」

「一言余計よ。はぁ～、私、よく考えてみたら家について、細かいことは一切お母さまに丸投げしてたってことなのよね。当主のことだって、頑張らなくちゃってことくらいで、その周辺の事情までは、本当の意味では深く考えてなかったのかも」

目標を思い定めて真っすぐに突き進むことがテスフィア向けのやり方だと思っていたが、その前にクリアすべき問題が、ここまで多く噴出してくるとは……。

以前、アルスの指導によって、フローゼに対して己の大きな可能性を示したテスフィアだったが、それだけではまだ不足だったらしい。そう、ただ単に強くなるというだけでは、貴族であるテスフィアには足らないのだ。

「面倒くさいもんだな、親戚が無駄に多いのも考えものってことか」

「親戚といえば、まあそうなんだけど、皆、真剣に将来を考えてくれてるってことではあるから」

ハハッと力なく笑い、頬をかくテスフィア。

ただ、分家筋から養子を迎え入れる提案があったことを母から聞いた時は、心臓が大きく跳ねた。それは分家が、テスフィアを次期当主として認めていないということと同義ではないか。セルバはフォローしてくれたものの、例えばそれは、早くも次期当主が内定しているソカレント家のフェリネラなどと比較すれば、天と地ほどの差があるということだ。皆が認める資質や器という点で……。

（そりゃ、フェリ先輩には勝ててないにせよ、私なりに頑張ってきたつもりだったのになあ。気構えにせよ、努力にせよ）

これまで我慢してきた鬱々とした気持ちが顔に出て、表情を陰らせていく。

アルスは、ごく平静な態度でそれを眺めていた。

（本来なら俺らが知ったこっちゃないんだが、さて、どうするか。ウームリュイナはもはや尻に火が付いてるも同然だ。まあ、だからこそアイルが何をやるつもりか、不気味でもあり興味深くもあるんだが）

それにしても、このままではテスフィアが【テンプラム】の開始前に、重圧から使い物にならなくなってしまう。テスフィアはいわば天然タイプで、地頭はいいものの根が単純だ。面倒ごとでぐちゃぐちゃになった頭では、作戦も何もないだろう。

（まったく、手間のかかる大将だ。これがお姫様ならまだいいが、こいつだからな）

「アルス様……」

「ほらやっぱり、また巻き込まれてますよ」とばかりにロキが意味深な視線を投げかけてくるが、今更だ。一度絡まった蔓は、まるで獲物を逃すまいとさらに幾本もの触手をアルスに這わせてくるかのようだった。

アルスはさっさと考えをまとめると、仏頂面で切り出す。

「解決策はあるにはある。ほら、サポートの出番だぞ」

ちらりとロキに視線を振ると。

「はぁ〜、アルス様がおっしゃるのなら……。でも、私が出ていっても何一つ解決しないのでは？　そもそも私、【テンプラム】に参加できませんし」

「そこは、ロキにもやってもらうことがある。何よりやるべきことは、最初から決まっているんだ」

「えっ？　それって……」

　身を乗り出したテスフィアに向けて、アルスは言い放つ。

「要は、さっさと秘継者（エルトラーデ）とかいう立場を目指すことだ。つまりは継承魔法を習得する。今すぐにとはいかんが、俺の見立てじゃかなり近づいているだろ。それにお前は入学当時とは比べ物にならないほど力をつけたからな。教養の方は知らんが」

　なんとなく会話の次の流れを察したのか、ここでロキが素早（すばや）く席を立つ。アルスの部屋のクローゼットを調べ始めたのは、何かの準備を開始したらしい。

　そんなロキのことは無視して、アルスは真っすぐにテスフィアに向け。

「もう一度いうが、現状を打破する最短コースは、お前の成長なんだ。継承魔法に近づくためにも、分家の奴（やつ）らに力を示すためにもな。そもそも【テンプラム】に身が入らないいんじゃ話にならん。大雑把（おおざつぱ）にまとめりゃ、ともかく目標は一つ、強くなることなんだ」

「わ、分かったわ！」

分かりやすく筋道を単純化してやったことで、テスフィアの顔もだいぶ明るくなる。

そう、これでいい。

分家の子女らの実力を知らない以上、単純な比較はできないが、テスフィアに大きな可能性があることは、アルスも認めているところなのだ。特に得意系統における魔法習得力はダントツで高いと言える。理論化などは苦手だが、ときに段階をすっ飛ばして真理を掴んでみせる閃きのセンスにかけては、とかく抜群なのがテスフィアという少女だ。

「性格に難ありだが」

つい口をついて出た言葉に耳聡く反応し、テスフィアは不審げに「自分のことか？」とでも言いたげな表情を浮かべる。

「安心しろ、お前のことだ」

きっぱり断言してやれば、なるほど、と一度は納得しかけたようではあったが、すぐに彼女はハッとして。

「やっぱり悪口じゃない！　言っとくけどアルも、他人のことをどうこう言える性格じゃないでしょ⁉」

頬を膨らませ、強がるように言い返してくるテスフィアは、続けて天井を仰ぎ見ると「そういうふうに見てるんだ……」と小声で呟いた。

(ん？)

アルスがやや違和感を覚えたのは、口を尖らせたその様子に、どうも今までと違う雰囲気が混じっていたような気がしたからだ。

これまでのように、悪友や腐れ縁の相手に投げかける、それこそ「売り言葉に買い言葉」的な勢いはない。どちらかと言えばしおらしい態度というべきであり、声には僅かに愁傷めいた、乙女の哀感のようなものすら感じられる。

ただ、アルスはその理由についてなど深く考えることもなく、ピシャリと言い切る。

「とにかく、うだうだ考えてる暇はないぞ。お前はしっかりこの【宝珠争奪戦】のルールを頭に叩き込んでおけ。大将の役割も、ただ部下に命令すりゃいいってほど単純じゃないんだからな」

「もちろん、しっかり勉強しておくわよ」

「明日までだぞ？」

「うっ……わ、分かったわよ」

肩を落としたテスフィアは、足を引き摺るようにして自室へ帰るべく踵を返す。

が、後ろ手にドアを閉める直前、僅かな隙間からチラリと覗き込むようにして。

「アル、何か必要なものがあったら、誰でもいいから言えば、すぐに用意してくれるから」

「分かったから、さっさと戻って勉強してこい。それこそ、いくら時間があっても足らないからな」

「も、もう、せっかく気を遣ってあげたのに！　ふんっ!!」

ドアがバタンと閉められた後、部屋に取り残された形のアルスとロキ。だが、もちろん二人が暇を持て余すということはなかった。

ロキに関しては、先程から続けていた荷物の確認作業がいまだにクライマックスというほどの勢いだ。それこそアルスの部屋に寝室を移すかのような勢いで手と目を動かしているが、脇でちゃんと会話を聞いていたらしい。

「アルス様、貴族というものは、どこまでいってもやはり理解の外ですね」

アルスは改めて【テンブラム】の資料を流し見しながら、手早く答えた。

「まあな。だが俺達は所詮外野だ、それも大貴族の後継者問題に口を挟んでもしょうがない。いかにシングル魔法師でも越権行為だな。興味もないが」

「ラインを踏み越えてる、というわけですか。でもそれを言うなら、すでにテスフィアさんには、フェーヴェルの継承魔法の手解きをしてしまっているに近いのでは？」

「……それはやむを得ないだろ」

それはまさにアルスの胸中を見透かしたロキの一言だった。

（【氷界氷凍刃《ゼペル》】のことか……さすがに鋭いな）

【アイシクル・ソード】の発展形ともいえる【ゼペル】は、アルスが独自にテスフィアに教えた魔法だが、見たところそれはテスフィアの天性に予想以上にピタリとはまってしまった気がする。厳密には【アイシクル・ソード】を習得する意義を期せずして悟らせてしまったとでもいおうか。そもそもフローゼが指す継承魔法は段階を追って習得していくものだ。【アイシクル・ソード】もまたフェーヴェル家の秘技ではあるのだろうが、継承魔法と呼ぶほどには至らないものだったようだ。つまりは、完成系継承魔法を習得するための第一段階。

その点、奇しくも【ゼペル】には、本来なら第二段階で習得すべき「相互位置における座標の把握」という技術が求められ、テスフィアはあっさりそれを成し遂げてしまったのだ。

もっともアルスからしてみれば【アイシクル・ソード】の発展形としてごく自然に編み出したのだから、その点を責められても不可抗力だと言いたいところだが。

もちろん彼女の才能があってのものなのだろうが、そこにアルスとしては隠しておきたかった懸念が確かにあるのだ。

つまり、アルスとしては自分なりの応用例を示しただけのつもりでも、テスフィアの予想外の才能的飛躍(ジャンプ)により、彼女は勝手に継承魔法のレールに乗り〝原理そのもの〟に近づきつつある。

自分の善かれと思っての手解きが、偶然(ぐうぜん)、フェーヴェルの継承魔法のヒントを与(あた)えてしまったことは確かだった。

だから引き返すためのガイドラインはすでに己の立ち位置の後ろにある。それも踏み越えた、というレベルではなく、遥(はる)かに飛び越えてしまったという形で。

（いかんな、どうも……）

最近、考えるべきことが倍加どころか、指数関数的に増加しているような気がする。ともすれば、アルス一人が抱(かか)えられる量を遥かに超えつつあるような。

（いよいよ隠遁(いんとん)とか、自分の研究どころじゃなくなってきたかもしれん。ん～、だがアイツらが予想以上に使い物になってくれる分には、俺が楽をするっていう当初の目的にだけは適ってるのか？　いや、余計なことを考え過ぎた、まず目の前の課題から解決すべきだな）

累積(るいせき)する難問。その根本的な解決からは目を逸(そ)らすようにして、まずは、と【テンプラム】解説資料のページを繰(く)る手を速めるアルスだった。

第96章 「冷たき火種」

フェーヴェル邸での一日目こそは予想外の慌ただしさだったが、アルスはその晩、きっちり睡眠を取った。【テンプラム】について調べたのはもちろんだが、長丁場でこそ、無理をしてはならないことを、戦場での経験的に知っているからだ。

元々気疲れしそうな場は好まないのと己のペースを守るためもあって、予定されていた晩餐はきっちり辞退したが、その分、二日目たる今朝の食事はしっかり摂る。

何故かロキも一緒のテーブルについているが、さすがに運ばれてきたメニューは豪勢なものだった。

「さすがに朝食までずば抜けた美味しさですね！　パンはふかふか、フレッシュジュースや卵も新鮮そのものですし、サラダも素材の味が活かされていて」

「ん？　まあ俺は何でもいいが」

と特段の感想を言うでもないアルスを横目に、ロキはもう一つ、切り分けたバゲットパンを手に取る。

「不味いわけではないのでしょう?」

「まあ……」

相変わらず他人事のような態度のアルスと異なり、ロキはパンに色鮮やかな果実のジャムを塗り、一口齧ると。

「ふぅむ、やっぱり素材からして違いますね。この機会にフェーヴェル家のシェフからレシピを教わることにしましょう」

一人呟きつつ、満足げに食後の紅茶で喉を潤すロキ。

「ふぅー、この紅茶までも一級品ですか。実に素晴らしいおもてなし、恐るべしフェーヴェル家」

「ん、ああ、確かに平日だということを忘れそうになるな」

「アルス様が、あたかも規則正しい毎日を送っているような発言には目を瞑るとして」

「そこまで言っておいて、何に目を瞑るって?」

軽口とともに朝食を終えた後、部屋で日常用のトレーニングをしていると、メイドの代わりにテスフィアが訪ねてきた。

彼女の格好は学院の訓練着に近い、ごく動きやすそうな姿であった。とはいえフェーヴェル家のものだけに、高価な衣服であることはすぐに見て取れる。シンプルながらも素材は一流、デザインにも優雅さや洒落っ気を感じさせる。いわゆる魔法師用の高機能運動着であることは明らかだった。そんな高級感とは裏腹に、テスフィアのやつれた顔からは、徹夜でしっかりとルールを頭に叩き込んできたことが窺える。

「アル、ロキ、おはよう。昨日はよく眠れた？　今日は早速の模擬訓練だから……全員じゃないけど、今回参加する人達ももう集まってるから」

ちらりと気づかわしげにアルスの表情を見やったのは、人嫌いな一面のある彼の機嫌を慮ったのだろう。

（それこそ、今更というヤツだろ）

別に上機嫌でこそないアルスだが、乗りかかった船と諦めているようなところもあり、殊更に不満を言い立てるようなこともない。ロキも神妙な顔で黙っているところを見ると、彼女なりに思うところはあるのだろう。

（昨晩、フェーヴェルの分家の子女とやらの力のほどを、妙に気にしてる節もあったからな）

アルスほどではないが、強者と魔法についてはロキも随分研究熱心なところがあるのだ。

（これで結構、楽しみにしてる可能性もあるか。それに何といっても最新魔法技術を使った【テンブラム】の模擬訓練だからな。俺もルールはだいぶ把握できたと思うし、なんと

なく試合についても脳内でイメージはできているが、さて）

　シミュレーションが現実とどう異なってくるか。そうでなくとも研究者肌のアルスとしては、意外に乗り気とまではいかなくとも、興味深い点はあるのだった。金に糸目をつけない最新技術の粋を集めた魔法競技とは、いったいどのようなものか。

　テスフィアに先導されて連れてこられたのは、フェーヴェル邸の裏手であった。

　だが、裏手というにしては、目の前に広がった光景はあまりにも想像を絶していた。

「フェーヴェル家の敷地はどこまであるんだ？　目視じゃ境目が分からんが」

「さあね、端まで行けば小さな境界塔が立ってるはず。でもそこまで行っちゃったら帰るのも一苦労よ？　正直、この広さは持て余し気味かな」

　テスフィアの返答も頷けるというもの。何せ、とにかく広大すぎるのだ。

（正面からじゃ分からなかったが、改めて学院の敷地と同じくらいはあるな。一部のエリアは、ほとんど林や森のようだが……）

　見て分かるだけでも運動場や本格的な訓練場があるかと思えば、訓練具を保管するためか、倉庫風の建物までが備え付けられている。呆れたことに、外界を想定しているのか、障害物のあるアスレチックコースまであった。およそ貴族が子女を鍛え上げるのに必要な物が全て揃っていると言ってよい。

「いっそ全部を麦畑にでもしたら、街一つの食料を賄えるんじゃないですか？　あ、あそこですかね？」

同じく呆れ気味に軽口を叩きつつも、ロキが視界のとある一点を指さす。運動場の先の奥まった部分、少し開けた休憩スペースに一群の人影がある。貴族の正装やテスフィア同様の運動着姿に混じって、フェーヴェル家のメイドが飲み物などを準備しているのが見えた。

どうやら彼らは当主の到着を待って――いや、アルス達を待っていたようだ。

フローゼは一足先に到着していて、入れ替わり立ち替わりやってくる者達相手に、ひとしきり談笑を交わしている。

（分家の親どもへの、挨拶代わりの顔見せというところか。ご苦労なことだ）

そして、テスフィアに連れられそちらに足を向ければ、後ろに付くアルス達に分家の者どもが向けてくる視線は、実にあからさまだった。疑惑の次期当主候補に連れだって歩いてくる、見慣れない二人の客……明らかに値踏みされている。

（大半は、一族でない者がなんでここに、という顔だな。分かっていたが、とても歓迎ムードじゃないか）

やれやれ、とアルスは内心で小さく肩を竦めた。

「さて、集まったところでご紹介するわ」

ぱんと手を打ち合わせたフローゼは、注目の輪のただ中で、あくまでにこやかな表情を崩さずアルスを指し示して。

「今回、【テンブラム】に協力いただくアルスさんです。フェーヴェル家の賓客であるとともに娘の同級生でもあるわ。つまりはまだ学生ということだけれど、実力のほうは私が保証します。そして、こちらはロキさん……」

やはり当主自らによる推薦とあれば、それなりの効果があるようだ。フローゼの言葉が終わるや、明らかにアルスとロキに対する周囲の視線が変わった。それも先程までの訝しげなものから、明確な好意と歓迎を示すものに。

そこに、テスフィアがそっと耳打ちしてくる。

「ほら、お母さまが真っ先にアルを紹介したから。しかも自ら招いたことまで強調して、ね。こういう場での紹介順は、そのまま当主の好意や序列を示すから」

なるほど、と腑に落ちる。特に文句はないが、いかにも政治的利害に聡い貴族らしい露骨な手の平返しではある。皮肉の一つも言いたくなるのを、アルスはぐっと堪えて。

「よろしく」と会釈をすれば、誰もが皆、にこやかに握手を求めてくる。

　中にはかなりの情報通もいるのか、親善魔法大会でアルスが作った、最速勝利記録に言及するものまでいた。

（俺を暗殺しにきた脱獄囚どもが知っていたくらいだ、順位についての秘匿情報も、最近はずいぶん安売りされているようだからな。さすがにそこまでは、バレてないとは思いたいが）

　幸いなことに分家の男は、アルスよりもロキの戦績の方をよりよく知っていたようだ。言われてみれば当然のこと、ロキはアルスが途中退席した親善魔法大会の一年生の部で、驚愕の戦闘能力を示したのだから。

　ともあれ、最初のフローゼの一手で場のムードはだいぶ変わった。アルス達も、いくらか居心地が良くなったというものだ。

　その後、フローゼから改めて厳かな調子で、本日は【テンプラム】における【宝珠争奪戦】の模擬訓練を行うことが告げられる。

（せいぜい流れを掴む程度かと思ったが、予想外にガッチリやるつもりだな。それで、この人数なのか）

　実際の試合に必要なのと同じ頭数を、きっちり揃えたのだろう。だが、集った面々を見ると少々不安にならざるを得ないのも事実である。

中には初老のベリックと同年代かと思われる年配者もいる。普段は貴族として何不自由ない生活をしているせいか、髪は薄く腹は出ていて、とても機敏に動けそうな雰囲気ではない。それでも大部分は二十代から三十代前半なので、どうにか形にはなりそうだが。

アルスのそんな内心を読み切ったように、フローゼがニヤリとした。

「もちろん、全員が参加するわけじゃないわ。こちらで様々な適性を見て、【テンプラム】のメンバーを選抜させていただきます」

（ああ、このおっさんはあくまで参加者候補、ということか。だが、そうなると）

どこかほっとした気分のアルスだが、同時に別の疑念も頭をもたげてくる。

（参加者の資質は、単なる耐久力や魔法の実力では決まらない……？　この戦争遊戯における戦略的センスは、それらとは別ものということか）

アルスのその予想は慧眼であった。確かに彼らの中には軍を引退した者や、外界に出たことさえない者もいる。だが実のところ、【テンプラム】は単なる魔物相手の戦いとは違う。対人戦、しかも集団での駆け引きが存在する以上、【テンプラム】において、いったい誰が優れた力を示せそうかについては、たとえフローゼであってもすぐに判断はつかないのだ。もちろん万能と見なせるアルスをはじめ、明確な軸は決まっているが、それ以外のメンバー選出においては、若干の選考の余地がある。

だからこそ、彼女は続いてごくシンプルに告げた。

「まずやってもらうのは、いわゆる紅白戦ね。皆さんには二つのチームに分かれてぶつかり合ってもらうわ。仮の出場者として、フェーヴェル本家側からは、テスフィアとアルスさんを。分家からはヴェルデールのテレシアと、ハンブローデンのローデリヒを……」

呼ばれた子女達が順に整列し、端から紹介されていく。

ヴェルデール家のテレシアは、果たしてアルスとロキが先に見かけた、テスフィア似の少女だった。背はテスフィアより少し高く、彼女よりも吊り目がちな目つき。前髪を分けてスッキリしたヘアスタイルである。半分出した彼女の耳には、目を惹く赤いタッセルピアスが付けられていた。

続いてはハンブローデンの長子・ローデリヒの番だ。彼は肩につきそうな赤茶の髪を真ん中で分けており、細身で背も高い。年齢は十八だというが、風貌からして学生の甘さはなく、かといって軍人のような厳格さも感じさせない。ただ、二系統の魔法が使えるというだけに、非凡な才能を持つのは疑いようもないだろう。

さらに数人の紹介が続いたが、最後に残った者だけは、参加せずに観戦するのみだという。それはアルスとロキも見覚えがある、子女らの集団にいた子供だった。年齢は十二で男子らしいが、あまりにも中性的な顔立ちのせいで、男児なのか女児なのかテスフィアに言われるまで見分けがつかなかったくらいだ。

　それでもさすがは貴族である。品のある立ち姿に、丁寧なお辞儀で紹介に応じていた。

「あの子はルシール・クレラバン。分家の中でも遠縁のほうね。血筋だけを見ると次代には分家として存続するのは難しいかもしれないわ」

　テスフィアは気の毒そうに言うと、小さく俯いた。フェーヴェル一族においては、たとえ分家であろうと、貴族の位を存続させるにはそれなりの縛りがある。少なくとも有力な魔法師を輩出するか、家族の誰かが軍で要職に就かなければならない。コネを使うにも限界があり、本家の支援だけではどうにもできない部分があるのだという。

　そんなテスフィアの態度を気にもしない無邪気な様子で、その少年は、テスフィアの元へと駆け足で向かってきた。

「お姉様、お久しぶりです」

「元気にしてた、ルシール？」

「「お姉様……」」

　だと!?　って!?　と、語尾だけを器用に変えて同時に絶句するアルスとロキに、何よ、とばかりに睨みを利かせてくるテスフィア。親友のアリスやメイド達に何かと世話を焼かれている普段の姿からは、あまり想像できないが、そういえば一応彼女も名家の令嬢であり、親戚の子にそう言われてもおかしくないのだ。

すっかり忘れていた、と愕然とする二人を他所に、あくまでルシールはあどけない笑顔でテスフィアを見上げていた。

そんなところに、新たな人影がすっと寄り添ってくる。

「ご挨拶が遅れました、テスフィアお嬢様」

長身のローデリヒが、胸に手を押し当てつつ頭を下げる。その横ではテレシアが同じく慇懃に、

「この度は本家の一大事に、不肖の身ながらお役に立とうと馳せ参じました」

と、言葉を添えて目礼する。

一見すると礼儀正しく忠誠心に厚い態度だが、テレシアは何か思うところがあるのか、顔を伏せる一瞬、唇を強く噛み締めた。

「ええ、ありがとう。こちらこそ、よろしくね」

そんな態度に気づいているのかいないのか、にこやかに返礼するテスフィア。テレシアも同じく微笑んだ後、ふとアルスとロキに目を向けて。

「当主様から先に紹介がございましたが、せっかくですので改めて……」

「そうだね。お嬢様の方から、もう一度お二人を紹介していただけませんか?」

テレシアとローデリヒからの求めにテスフィアは頷いて。

「そうだったわね。同じ学年のアルスとロキよ」

二度目なので簡潔な紹介になったが、やや軽侮の視線ともとれるものを向けてきたテレシアに対し、ローデリヒはあくまで優美な笑顔で握手を求めてきた。

「アルス君か、さっき小耳に挟んだけれど、そちらのロキさんともども親善魔法大会で大活躍だったと聞いたよ。僕は君より年上だけど、お嬢様の知り合いなら気軽に呼び捨てしてくれて大丈夫だよ」

そんな態度は、どうにも裏があるとは思えない。そもそも存外に気さくな人物なのだろうが、アルスの〝順位〟については本当に知らないのだろう。フローゼの紹介ぶりといい、一先ず秘密が守られているようで何よりではある。そうでなければ、呑気に【テンプラム】に出ている場合ではないのだから。

それはともかく、別にお近づきになりたいわけでもないが、ローデリヒは予想以上に好人物であるようだ。初対面で礼儀を欠くのも微妙なので、アルスはいやいや握手に応じた。

続いてルシールが人好きのする笑顔を浮かべ、アルスの前に立とうとしたところで。

「弁えなさい、ルシール！　あなたは所詮、分家の末席にすぎない身なんですから」

ピシャリと言ってのけたのは、テレシア。ローデリヒに続いて挨拶すべきは自分だと、ルシールを咎めたようだ。びくりと肩を震わせたルシールはおどおどした表情で、アルスとテレシアへと交互に視線を投げかけ、そのまま立ちすくんだ。

眉をひそめたアルスが口を開きかけたところで、テスフィアが彼の裾をこっそり引くような動作を見せてから、優しくルシールを諭す。

「ルシール、目上の者を蔑ろにしてはダメよ。あなたの軽率な行動がフェーヴェルの名だけでなく、クレラバン家をも貶めてしまうわ」

アルスとロキがちょっと感心してしまうほど、令嬢然とした物言いである。それはともかくどの口が言うのかという部分はあるが、この場では野暮というものだろう。

「すみません、お姉様。テレシア姉様も御免なさい」

交互に謝罪するルシールに対し、「分かればいいのです」とぶっきらぼうに言い放つと、テレシアはつかつかとアルスの前に立ち。

「テレシア・ヴェルデールです、以後よろしく。さて、お二人はお嬢様のご学友とのことですし、それなりの実力はお持ちなご様子。ただ、悪いことは申しません。ウームリュイナを相手に恥をかく前に、ここで手を引いてくださいませんか。これは本来、フェーヴェル家の問題ですので」

テレシアは、あくまで淡々とした口調で告げた。その態度には、もはや隠すまでもない明確な敵意と侮蔑の念が感じ取れる。

一瞬、場の空気が凍り付いたようだった。唖然としたテスフィアが仲裁に入るより早く、アルスは不敵に応じて。

「悪いが、そうもいかない事情がある。フィアとは腐れ縁だが、ちょっといろいろ面倒を見ている身でな。それに、フェーヴェル家当主の要請を断るわけにもいかんだろ」

おや、という表情のテレシア。てっきりアルスのことは、指導者どころか仲良しグループの同級生くらいに思っていたのだろう。しかも当主たるフローゼに請われた、というのは意外だったに違いない。

いっそ、アルファが誇るシングル1位たる身分を明かせればてっとり早いのだが、そうなればさらに説明が面倒になる。しかも今回、そんな自分の進退所属が懸かっていることまでは、到底ここでは明かせないレベルの機密事項である。

そんな様子を、テレシアはどう取ったのか。

「そうなのね。フローゼ様が自ら要請したというの？　それなら確かに、あなたが有益な人物であることは理解したわ。けど【テンブラム】に参加する以上、並の実力では足手まといになるだけよ。さっきも言ったけど悪いことは言わない、私達に任せておきなさい」

もはや丁寧語すら捨てての、この物言いである。

さすがのアルスも、これには不愉快さを禁じえず、少し顔を歪ませた。いくら事情を知らぬ小娘とはいえ、まさかシングル魔法師である自分を足手まとい扱いとは。

あわあわとするテスフィアの代わりに一歩前へ出たのは、果たしてロキである。彼女はテレシアに真っ向から鋭い視線をぶつけ、真っすぐに言い放つ。

「余計なお世話です。先の親善魔法大会での実績など、アルス様……いえ、アルと私にとっては、力のほんの一部に過ぎません。テレシアさんと言いましたか、あなたは私が見たところ、せいぜい『氷系統については多少齧っている』という程度では？　そうですね、それを踏まえた上で、私も悪いことは言いません」

続いてロキが、にこりと悪意に満ちた笑みを浮かべ。

「今回、参加を見送られては？　アルの足手まといになる前に」

今度、屈辱に歪んだのはテレシアの顔であった。

「な、何をっ！　言わせておけば客人身分でっ！　いいわよ、大口叩いた以上、自分の言葉の正しさは実力で証明するのね。当主様に特別に奏上しておくから、あなたも模擬試合に加わりなさい。それまで、非礼を正式に詫びさせるのは勘弁してあげる」

「言われなくともそうなりますけど」

「ふん、人の親切を足蹴にしたのですから、後でじっくりと謝罪の言葉を聞かせてもらいます」

そんな捨て台詞を吐くと、テレシアは最後に憎々しげにロキをもう一度睨みつけてから、その場を離れていく。そこにローデリヒが、取り繕うようにアルスとロキに苦笑を向けてきた。

「すまない、テレシアの奴が失礼したね。でもまあ、分家には分家の矜持と焦りがあるのさ……それも皆、大人達の勝手なプレッシャーが原因なのだけど。さてお嬢様、僕も一旦失礼します。フローゼ様から、もうじき号令がかかりそうなので」

華麗なお辞儀を残し、ローデリヒはテレシアを追いかけるように立ち去った。後にはなぜかルシールが、分家の子女二人の背中を見送るようにして突っ立っている。

「ルシールは、いいの?」

最悪の状況は脱したとばかり安堵の息をついたテスフィアは、そんなルシールに対し、実の弟に対するように優しく訊ねた。

「僕は参加もしないので、どこにいても大丈夫、ですよね?」

見上げてくるルシールは、どうやらテスフィアの傍にいたいらしい。

「ええ、でも邪魔はしてはダメよ?」

「はい、遠くで見学しています。お姉様、頑張ってください!」

「もちろんよ」

テスフィアはそんなあどけない言葉に、肩の力が抜けたかのように笑ってみせた。

その後、集った参加者に例の「腕輪(うでわ)」が渡(わた)され、グループ分けが行われる。最初の紅白戦は単純な本家と分家というチーム分けではなく、コンビネーションを試(ため)す意味で本家と分家メンバー混合のチーム構成になった。

具体的には、テスフィアとテレシアが同じチームとなっている。相手側はローデリヒに加え、テレシアの言葉通りロキも特別に参加することが許されていた。もちろんロキほどの実力者を有効に使わない手はないということもあるが。なおアルスは一応、テスフィアとテレシア側であるが、どちらかといえば様子見するつもりである。そもそも大将として指揮官の座が確定しているテスフィアとは違った意味で、アルスの【テンプラム】出場はフローゼの意向で内定しているのだ。

加えて立場上、実力を出しすぎてもいけない上に、【宝珠争奪戦】は新しいタイプの競技が故に、ゲームの流れと本質をよく見極(みきわ)めておきたい。敵味方ともにチェックして情報を収集し、必要であれば人選について意見する必要も出てくるだろう。

かくしてフェーヴェル邸の裏手に広がるフィールド、中でも物陰の多い森林地帯を舞台に【テンプラム】の模擬戦が開始された。

当主であるフローゼも急造の高台で見学しているが、主に進行役はセルバが担っている。

彼の指示によって両チームの人員がそれぞれ自陣へと移動、二つの宝珠が開始位置にセットされた直後、善は急げとばかりに試合が始まってしまった。

まさに、何一つ作戦もない手探りなスタートだ。置換システムすら、フェーヴェル家にあった疑似訓練システムを急遽アルスがパワーアップさせ、腕輪と強引に連動させた間に合わせのもの。学院のシステムほど大掛かりではないが、フェーヴェル家の貯蓄魔力バッテリーをもってすれば、一日ぐらいならなんとか稼働させることができた。

そんな中で、戦況を見定めて各メンバーの指揮を執るのがテスフィアの役割だが……。

「で、どうすれば良いかな？」

まごつく彼女に、アルスは落ち着けとばかりに応じて。

「一先ず、宝珠に召喚魔法だな。最初にかける役は、誰がやる？」

召喚魔法をかける、というのは便宜上の表現である。この【宝珠争奪戦】においては、それはもちろん通常の戦闘用召喚魔法の使用ではなく、疑似的なもの。具体的には宝珠が秘めた召喚システムに任意のメンバーが魔力を通し、特殊なアバター――守護者を呼び出すことを意味する。

宝珠に最初に魔力を通し、使用可能な守護者を選ぶのが試合の最初の鍵だ。参加者が直接宝珠に手を触れられない以上、守護者は文字通り、その守り手であり運び手となる。

機動力を重視して敵アタッカーの攻撃をかわすのか、防御力でガッチリ受けとめて敵を足止めし、その隙に逆襲を狙うのか。現れた守護者の特性によって、戦略すらも大きく変わってくることになるが……。

ちなみに宝珠に守護者をストックするには、事前にチームの誰かが、宝珠を通して魔法式を読み込ませる工程が必要となる。上位級魔法までという制限内であれば、実質的にどんな召喚魔法でもストックすることができる仕組みだ。ただ、それを【テンプラム】で使うには、術者にも最低限の系統適性が求められることになる。それを踏まえて宝珠には便宜上、デフォルトで呼び出される守護者として、防御や移動などの役割を担うものを一つずつ入れてあった。

ただ、そういう意味においては、召喚魔法すらも多彩に使いこなせるアルスならば、最初に五体の守護者をセットする上で、これ以上の適任者はいないだろう。なので今回も当然、アルスにはその役割が回ってきている形だ。実際、守護者の元となる召喚式をなぞらせる程度は、造作もないことだった。

もっともアルスとて、実戦では、単一魔法式を駆使しての使用がほとんどで召喚魔法を用いる機会は少ないのだが。

「アルは？」

「俺でもいいが、今は他のメンバーにやらせてみた方がいい。守護者の出現時間は最大値が定められているが、そもそも召喚が魔力切れすれば、それ以前の問題だからな」

頷いたテスフィアは一先ず、集まったメンバーの中から親しい者を見つけて声をかける。

「ブロンシュ卿、魔力を通して守護者の召喚をお願いします。それと、召喚魔法が切れて再召喚不可時間が解けるごとに、宝珠の傍を固めるブロッカーが、順に召喚魔法をかけてください」

別にアタッカーが宝珠に魔力を通してはいけないわけではないが、召喚者が宝珠から一定距離を離れると召喚魔法が守護者ごと自動解除されてしまうルールがある。そのため、機動力を活かし敵陣に切り込む役割の者よりは、防御要員や大将格の指揮官が守護者の召喚主となった方が都合がよいのだ。

ミナシャの父、ブロンシュは緊張ぎみの面持ちで頷くと、宝珠に震える手をかざし、魔力を通し始める。

早々にもたついてしまったが、そこは相手もそう変わりはないようだ。

「お嬢様、相手の守護者を確認しました」

報告の第一声は、同じチームのテレシアによってなされた。

遠くに浮かんで見える鳥型のアバター……正式な召喚魔法で現れるものの劣化コピーだとすれば、おそらく風系統のものである。かなり荒い魔法で組み上げたのか、その輪郭は安定しておらず、もって数分だろうと推察できる。

一方こちらでは、ブロンシュがハァハァと肩で息をつきつつ、ようやく炎に包まれたトカゲ型の守護者を呼び出したところだ。見た目通り火系統のアタッカーによる攻撃には耐性がありそうだが、そのぎこちない動きは、なかなかに酷い有様だ。

スピード的にも敵陣営の鳥型には遥かに劣り、素早い敵アタッカーでも飛び込んでくれば、簡単に集中砲火の的になってしまうだろう。

そうこうしている間に、敵チームの怪鳥は、宝珠をその身の内に抱え込んだまま、フィールドの奥へと飛び去っていく。

(こっちより向こうの方が形になってるな。風系統由来の守護者で空を行けば、何より移動の魔力効率がいい。敵に姿を捉えられるリスクを冒してでも、宝珠を一旦遠ざけたのか)

ふむ、と考えていると……。

「初戦から張り切りすぎだ」

呟くと同時、素早く横に動かしたアルスの目が、フィールドにひらめく銀髪を捉える。

敵チームのメンバーであり、【身体強制強化《フォース》】を駆使したロキが、最速最短でアタックに入ってきたのだ。

（まずは真っ先に最高戦力を潰す、か……王道戦略だが、俺を狙うとは上等だ）

置換システムの効果とルール上、打撃は魔力をまとわせたものでないとダメージとすら判定されない。アルスはロキの魔力がこもった蹴りをあっさりとかわし、続いて飛んできた雷弾も、とっさに腰から引き抜いた【宵霧】で弾き返す。

発動者へと正確に跳ね返った雷撃が銀髪を掠めたその横で、ロキの姿が消えた。

「――宝珠を！」

ハッとしたテスフィアの守備指示に従い、ブロッカー達が一斉に宝珠――今は火トカゲと同化している――を守ろうと、その周囲を固めた。

（いや、ロキは雷属性だ。密集体系は……！）

目を細めたアルスの眼前で飛翔一閃、空中に姿を現したロキが、ナイフ型AWRを振りかざしつつ微笑む。

「【大轟雷《ライトニング・レイ》】」

メンバーが密集している宝珠の近くに巨大な落雷が発生、咄嗟のことで回避も間に合わず、数人が盛大に吹き飛ぶ。

するとく彼らの身体を覆っていた腕輪によるバリアフィールドが可視化され、腕輪がはっきりと赤く明滅した。

（ほう、あれで擬似体力が減ったのか、置換システムも問題なく機能しているみたいだな）

吹き飛ばされた者達はそれぞれに頭を振ったり、こめかみを軽く擦っていたが、それでもすぐに我に返るとそれぞれに反撃に移り、ロキはたちまち襲ってきた時と同様、超高速で姿を消した。

（ロキめ、たかが模擬戦なのに勝つ気満々だな。だが、これで分かったことが一つ……）

アルスは小さく呟く。

かなり強力な上位魔法であるはずの【ライトニング・レイ】の威力が、明らかに通常より減衰している。いや、肉体的ダメージが数値上のものに置換されること自体は当然なのだが、そのダメージ置換率が、現実の一撃より遥かに少ないのだ。

これはアルスがいじった置換システム側の問題でなく、あらかじめ定められていた腕輪の調整力によるものだろう。

（食らった奴らは確かに一定の耐久力ゲージが減少し、痛みや衝撃を受けてはいるが、普通なら一撃でノックアウトされていてもおかしくない。なのに、一気にＨＰゼロで脱落状態にならなかった上、辛うじて反撃に転じられたのが妙だ。そもそも、その程度のダメージと衝撃にしかならないように〝腕輪〟が被ダメージ量を調整した、というなら……ふむ、分かってきたぞ）

　アルスは小さく頷いてから、ふと傍らのテスフィアに向け。

「それはそうと、さっきの相手側、鳥の守護者を出したのは誰か分かるか？　少なくとも雷系統のロキじゃなさそうだが」

「そうね、誰かしら。少なくとも指揮官は、分家のローデリヒだと思うけど……」

鮮やかな先制攻撃を受けたが、致命的なものではなかったと悟ってほっとしたのだろう。幾分か落ち着きを取り戻したテスフィアが、思案げに答える。

（ロキの先制による混乱を見越して、その間に宝珠を前線から遠ざけたということだな。今じゃもう、どこにあるのか判別すらできん。これはメンバーの得意系統を散らして、複数を使えたほうが有利か？　ただでさえローデリヒは二系統使いだというから、指揮官自体がそもそもこのゲームにおいて、戦略の融通が利く。比べてウチのは……）

　アルスはともかく、一応次善の戦力であるテスフィアとテレシアは、両方ともに氷系統だ。ちなみに先程、同じく宝珠の傍にいたテレシアのほうは、ロキが空中で構えた一瞬でその意図を素早く察したのか、射程外に脱出して事なきを得ている。

（あれで、なかなか勘はいいようだ。最低限、足を引っ張ることはなさそうだが、ブロッカーよりアタッカーのほうが向いてるかもしれんな。ロキも、あの素早さは敵陣を偵察する上でも有効だろ）

そう考えた次の瞬間、アルスはハッとして。

「フィア、そろそろ次の守護者を呼び出せるタイミングだ。召喚主を切り替えろ！」

えっ、と驚いた様子のテスフィアに、アルスは重ねて。

「分からんのか、ロキのさっきの動きは索敵も兼ねてる。こっちの宝珠の位置はとっくに捕捉されてるぞ」

互いの参加者が身に着けている腕輪は、通信機能も持っている。フィールド上の敵メンバーや宝珠の位置を捕捉すれば、それを味方全員に共有して送ることができるのだ。

「そ、そっか！　宝珠は常に移動させておく方が！　ブロンシュきょ……あっ」

見るとすでに召喚魔法は解け、宝珠は完全に露出した状態で地面に転がっていた。

「すみません、お嬢様……今の攻撃を咄嗟に魔法で防御したために、守護者が解けてしまいました」

額にジワリと汗を浮かべたブロンシュ卿が、申し訳なさげに答える。今、敵に襲われでもしたら、宝珠はあっさり敵の手に落ちてしまうだろう。

「そ、そうですか……それじゃあ急いで宝珠を拾って、あっダメだ、えっとその……」

宝珠を直接持ち運んではいけないルールだったと気づき、慌てふためくテスフィア。そこにさっと割り込んだテレシアが、手近なメンバーに命じて宝珠に手をかざさせる。たちまち出現した土系統らしい野兎の守護者が、文字通り脱兎のごとき速度で、林の中を駆け始めた。

それを見て再び焦ったテスフィアが、全員で宝珠を追う指示を出しかけたが、またしてもテレシアがさえぎって。

「お嬢様、後手に回っては不利です！　ここはこちらもアタッカーを決めて、前線に出すべきかと。その上で敵軍と接触させ、敵の攻勢を止めましょう！」

明確に越権行為だが、提案が出てくるだけでも御の字とすべきだろうか。

「そうだな、まずは前へ出てみるのが先決だ。足の速い奴を前に出せ、戦闘よりも索敵重視でな。敵陣の奥深くへ消えた相手の宝珠だが、そろそろあちらも守護者を交代させなきゃならんはずだ。序盤から魔力切れのメンバーを出すことになるからな。で、残りメンバーは宝珠の護衛に、手厚めに回すのがベストだろう」

迷ったような表情で一瞬アルスを見たテスフィアが、その言葉に小さく頷く。だがその様子を見て、テレシアがむっとしたように眉根を寄せる。真っ先に有用な提案をした自分ではなく、テスフィアが最終的にアルスの助言を聞いて方針を決めたことが気に食わなかったのだろう。

「お嬢様、ブロッカーよりアタッカーを多めに、両サイドに展開させて！　先手を取られたままじゃ士気にかかわる！　ここはあくまで戦果を重視したほうが……！」

「う、う～ん、えっとぉ……」

テスフィアはもはや混乱の極みだ。アルスは冷静に割って入りつつ、鋭く言い放つ。

「テレシア、悪いが今のお前に状況が見えているとは思えん。この【宝珠争奪戦】においては、敵メンバーを攻撃することは戦略の主軸とみなされていない」

アルスは続いて、さっきのロキとの攻防から得た知見を語る。

「その証拠に、敵側の人員へ与えるダメージは、故意に少なめになるように設定されている。一応は妨害・排除することはできるが、その名の通り『守護者を攻撃し、無力化して宝珠を奪うこと』こそが、王道であり最高効率の戦略なんだよ。分かったらその口を閉じてろ。下手な考えも時にはいいが、指揮官の思考をかき乱すようじゃ無意味だ」

「なっ……！」

瞠目するテレシアをもはや無視して、アルスは固唾を呑んで見守っている周囲のメンバーにも伝わるよう、少しだけ声を張る。

「いいか、そもそもこの模擬戦は情報収集が目的で、勝ち負けは二の次、三の次だ。実際の戦闘とはいろいろと勝手が違うし、特有のルールだってある。何ができて何ができないか、それぞれが確認しながら、まずは試合の大筋の流れを掴むんだ。詳細な作戦なんかは、その後で考えることだ。いいな！」

「う、うん。そ、そういうことだから。じゃあ、そことアチラとそっちのあなた！　敵陣に突っ込んで、情報収集よろしく！　あ、忘れてたけど、宝珠はいったん守護者ごとこちらに呼び戻して！　そろそろまた、次の守護者に変えなきゃだから！」

赤毛の指揮官による、いかにも思いつきと行き当たりばったりな指揮ぶりに、アルスは頭を抱えたくなった。

（ふぅ、この分だとそのうち、俺にも無茶ぶりが回ってきそうだな。だが、まずはこの〝腕輪〟について詳細を知っておきたい）

アルスは密かに魔力を右手に込めると、まずは上位級魔法の【焰火《ブレイズ》】で巨大な火球を生み出す。これはもちろん許容範囲内なので、首尾よく燃え盛る火の玉が出現した。だが、アルスはさらに魔力を込めつつ魔法構成を複雑化。威力だけを限界突破させ、最上位級の領域に到達させようとするが……。

たちまちパチン、という音を立て、次の瞬間に火球が消失する。

「なるほど、な」

一人合点した様子のアルスに対して、傍で見ていたテスフィアは「何が？」とばかりに、疑問符を顔に浮かべる。

「つまりこの腕輪は、厳密には魔法の階位というより、構成式で制限を設けているんだ。いわば構成に必要な、魔法式の土台のサイズをチェックしてるってことだ。そこからちょっとでもはみ出た時点で、土台ごと消失させられる感じだな」

「ふんふん……で？」

「分からないか、この腕輪のチェック機構は、学院の石頭の教師以上に融通が利かないんだよ。ちょっとでも複雑なカスタマイズをしたりすると、本来は使用可能なはずの上位級魔法だろうとNGが出される」

「う、うん。でも個人ごとに得意な構成があるはずで、本来制限内の魔法でも、咄嗟に癖が出ちゃうことってあるじゃない？　瞬間的に構成の複雑さの点でリミットオーバーしちゃった場合は……？」

「そこは、魔力コントロール技術がものを言う。なんとか制限枠の中に落とし込むしかないだろうな。ただ、細かく魔法式を調整できなかったり個性的なカスタマイズをする域に至ってない者にとっては、寧ろラッキーだ。教科書通りにやってればいいんだからな。寧ろその逆の天才肌にとっては、この杓子定規な判定はかなりの鬼門だ。必要以上に魔力を込めると、魔法そのものが発現しなくなる」

次にアルスはパチンと指を鳴らす。

ちょうど野兎型の守護者が駆け戻ってきたところで解除、同一人物における再使用までのインターバルを経て、アルスによって手をかざすまでもなく次の魔力が流し込まれ、鮮やかに守護者の変更が実行された。

アルスが出現させたのは水系統の【ダライメ鹿】だ。正確にはその劣化版といえるアバターなのだが、宝珠を中心に水が渦巻くと、瞬く間に大人がまたがれるほどの青い大鹿が姿を現す。長く伸びた首の付け根にはしっかりと取り込まれた宝珠が輝いていた。

【ダライメ鹿】は、額と左右に枝分かれした三本の角を有している。まるでガラス細工の水路を通り抜けるように、首の内部から生じた気泡が上昇しては、角の先端から抜け出て空へと弾けるのを、アルスは興味深く見つめた。

「ここまで大きな魔力を通せば、形もかなり精密に再現されるようだ。だが、やはり牙を抜かれているというか、【テンプラム】用に攻撃能力は軒並み失われているな。後は、もう一つ実験したいことが……」

【ダライメ鹿】を維持したまま、アルスは先ほどの【ブレイズ】を構成しようと試みた。

しかし今度は、ごく初期段階で問題が生じた。

アルスが細心の注意を払ったにもかかわらず、マルチタスクに耐えられなかったのだろう。【ブレイズ】が消えたかと思うと、同時に水風船に針を刺したかのように【ダライメ鹿】もその姿を崩し、水へと還ってしまったのだ。

先ほどのブロンシュ卿と同じ現象が繰り返された。守護者を呼び出している召喚主は、他に魔法を使うことができないのだ。

「式を受信する側が拒絶したか？」

まるで、補助具に過ぎないＡＷＲにそっぽを向かれたような気分だ。アルスは驚いたように掌を見つめた。

「一度出した宝珠の守護者が、魔力切れや攻撃を受けて消失した場合、次が出せるようになるまでのクールタイムは、どれくらいだ？」

この問いには、テスフィアが答える。

「えっと、単純な召喚主とのリンク切れ、魔力切れの場合は確か十秒くらいだったかな。ちなみに召喚主の変更による任意の切り替えなら、一瞬で済むみたいね。もちろん、守護者の耐久値が削られたからって、すぐに引っ込めて次のは出せない。決着がつかなくなるのを防ぐために、守護者を一度呼び出したら、チェンジは一定時間経たないとできない仕組みよ」

「上出来だ。しかしこの分だと、召喚主は宝珠の十メートル以内になんとしても張りついている必要があるな。そのくせ、攻撃はおろかブロッカーとして防御魔法を使うことすらできないわけか。〝飼い主〟は、ほとんど付きっきりで世話をすることになるぞ」

「そうみたいね、可愛い守護者ならいいんだけどぉ」

「呑気なことを言ってる場合か。さて、そろそろ先に行かせたアタッカーどもが成果を出してる頃合いだろ。様子はどうだ？」

「あ、えっと……ああっ⁉」

テスフィアが慌てて腕輪の表示を確認しつつ、絶句する。

「敵の宝珠を探すどころか、完全に足止めされてるわ。包囲されて一方的にガリガリ耐久値、削られちゃってるし」

「呼び戻せすらしない感じか。いくら戦闘が重視されないとはいえ、逃げすら巧く打てない奴を前へ出したら不味いということだな。もういい、適当にやって防戦側の経験を積んだら、さっさと降参して仕切り直しだ。どうせ模擬戦なら、場数をこなしたほうが良さそうだな。宝珠が奪われた場合やその逆のパターンはもう少し試合の体を成してからだ」

かくして緒戦はしっかりと言うべきか、敗れるべくしてテスフィアチームは敗北してしまった。あの後アルスも観戦に徹して、偵察面でも戦闘面でもほとんど本気では動かず、平凡な戦果しか上げなかったせいでもあるが。

とはいえ、相手方のロキの活躍も非凡なものであった。一人無双とはいかずとも、アタッカーとしては複数攻撃から奇襲までをこなし、偵察面でも神出鬼没。その後の試合も、宝珠を最初に発見し味方に知らせる手柄を立てるのがほぼ毎回という有様だ。必要とあらば陣地に駆け戻ってブロッカーまでもやってのけたのだから、本戦に出られない鬱屈を大いに晴らしたと言えるだろう。いくら個人の能力が制限されているとはいえ、ロキの働きは数人分にもなるはずだった。

しかし、だからなのか、正午過ぎ——本日三回目となる模擬戦を終えた時、ロキはフローゼによって模擬戦メンバーから外されてしまった。

「不服です」

アルスの前で、ぷぅっと頬を膨らませるロキ。

「いや、張り切り過ぎだろ。お前しかできないようなイレギュラーな戦術データばかりを積み上げても、他の奴らの為にならんだろうが」

そんなロキに、アルスが呆れ気味に言う。

「俺が試合で出張りすぎないでいるのは、何故だと思う？　フローゼさんだって苦渋の選択の結果だとは思うぞ。とにかくお前みたいなのがいちゃ、皆の実力の底上げが図れないからな」

「考えが至りませんでした」

肩を落としたロキを慰めたいのは山々だが、こちらもこちらで問題は山積みだ。それこそロキが正式に出場できればそれがベストなのだが、そうはいかない以上、いろいろと考えるべきことが多いのだ。

【宝珠争奪戦】においては各メンバーが兵隊のように規律正しく動けるだけでなく、各々がきっちり状況判断をこなす必要がある。無論、それには全体情報が素早く共有された上での、指揮官たるテスフィアの迅速な指示が不可欠なのだが、その点においては、たびたび試合後のミーティングにて、激論が交わされることになってしまった。

「私、何度も言いましたよね⁉　まさか、負けるために故意にやってます？　あの場面では一旦召喚主を交代し、飛行形態を取れる守護者を呼び出すべきだったかと！」

たいていの火種は主にテレシアであり、アルスに一度強烈にたしなめられてからすら、拙いテスフィアの指揮に、猛然と抗議する場面が数度あった。もはやここに至って彼女の言葉遣いすらも崩壊している。

（それなりに実力はあるはずだが、使いどころが難しい〝駒〟だな、あれは）

アルスはそんな様子を思い出しつつ、苦笑して。

「メンバーの相性とかもあるし、編成はとにかく頭の悩ませどころになりそうだ。んでロキ、そっちには使えそうなのはいたか？」

アルスがそれとなく話題を投げかけると、ロキは首を横に振って。

「残念ながら……大半はダメですね。箸にも棒にもかかりません」

外界の厳しさを知るロキだからこその、バッサリと切り捨てた物言いだ。

「魔力不足、魔法構築速度の遅さにバリエーションの少なさ。総合的な状況判断力にいたっては、二週間後の【テンブラム】までに鍛え上げるのは不可能なレベルです。この紅白戦も三試合目だというのに、召喚魔法の制御はおろか動きすら覚束ない人が多かったですね」

アルスと同様に軍経験があるからだろう、ロキはロキでしっかりと自チームの戦力を分析してきている。

「分家の連中、ローデリヒなんかはどうだ？」

「ああ、あの方ですか」

ロキによれば、ワタワタしがちなテスフィアと違い、彼は指揮官としてそれなりに上手く急造チームをまとめあげているようだ。とはいえ、ロキのお眼鏡に適うというほどではなかったようで。

「残念ながら、そこそこ、というくらいかと。攻撃および防御魔法を使ったところを見たのは二度だけですが」

「そうか。ただ俺が見たところ、あいつはまだ使えると思うぞ」

敵チームだったからこそ正確に分析できる部分もある。ローデリヒは、とにかくあまり無理をしていなかったと思えるからだ。ロキが抜きんでて活躍していたぶん、その他のメンバーにはじっくり多彩な戦略を試させて、経験を積ませる……そんな思考を感じたのだ。

「お前は、軍人レベルの感覚で評価しすぎだ。対魔物の戦闘は基本的に殲滅戦だが、今回の【宝珠争奪戦】はそうじゃない。とにかく相手の宝珠をどう奪うかが鍵だ。外界で相対する魔物は、自軍のお宝や重要アイテムの概念なんて持っていないからな」

「そ、それはそうですね。失念していました」

ロキもハッとしたようだったが、そんな横でアルスは別の思考をめぐらせている。

（ローデリヒは、副官あたりにちょうどいい。テスフィアが頼りない分、別動隊の指揮を任せられる人材がほしかったところだ。それに比べ、テレシアという女は扱いづらい）

感覚派のテスフィアに比べ、テレシアは合理主義者らしく、とにかく意見が衝突しがちだ。また、テスフィアは粗削りで俄には理解しがたい指揮を出すこともあったが、アルスから見れば結果的に正解、と思える場面もそこそこある。言葉にしがたい直感や第六感的なものに優れているのだと思うが、そういう隠れた長所が、テレシアには見えていないのだろう。

一言でいえば、相性が悪いのだ。いっそテレシアを排除する、という戦略も手かもしれない。士気にも影響が出てしまうし、万が一正論を振りかざしテスフィアを責め立てるテレシアが支持されるようなことがあれば、最悪チームが二つに割れてしまう。

そもそも【テンプラム】における大局的な戦略については、フローゼやセルバに任せる余地が大いにある。テスフィアはそれに基づいて現場指揮に専念し、アルスは補佐役としてロキを活用しつつ、しっかりチームを観察する。いわば現場に立っての調整役を務めればいい、という考え方だってあるのだ。実際、チームの最終的な出場者を選ぶ権限は、ほぼアルスに一任されている。

「もしや、テレシアさんのことですか？　困りましたね」

そんなアルスの内心を読み取ったのか、ロキが鋭く問いかけてくる。

「まあな。セルバさん達に相談してみるのが一番かとも思うが」

と、アルスが言いかけた時。

遠くから、何事かを言い合う声が聞こえている。アルスがいないところで、またひと悶着が始まったらしい。声の様子からして、どうやらお互いに本気の感情の発露が窺える。

ちょっと行ってくる、とアルスが立ち上がれば、ロキもあわてて後を追った。

「この程度の戦術も知らないなんて指揮官として、お粗末にもほどがあるのでは？　失礼ですが次期当主となられる身ならば、浅学さが露呈しては困るでしょう。後は私にお任せください、お嬢様」

メンバー達が遠巻きにしている中、テレシアの険のある声が響き渡る。

言われたテスフィアのほうも我慢の限界なのか、頬を怒りで赤くしながら眦を吊り上げると。

「分家の意見としては聞いておくわ。でも、最終的な判断は私が下します」

両断するようにずばりと言ってのけたのに対して、テレシアは唇の端を吊り上げ、皮肉げに。

「ええ、そうでしょうとも。ですが、まだご自分にその資格がお有りになると？　フローゼ様は断固とした態度で挑まれるつもりのようですが、分家の中には、ウームリュイナへ恭順すべきでは、との声も少なくありません。こんな状況下で、次期当主としてのあなたの資質を、それこそ一から問わなければならない分家の立場をも慮ってくださいませんか？　お嬢様」

「何よ、嫌味っぽい言い方して！　だったらその『お嬢様』って呼び方もやめれば？　私が何を言っても認めたくないだけなんでしょ？　そりゃ秘継者の資格まではまだだけど、私だって日々努力してる！　親善魔法大会でそれなりの結果だって出したしね！　分家のあなた方はその間に何してたのよ、お山の大将気取りで道場で魔法のお稽古？」

ついに鋭い言葉で応酬を始めたテスフィア。この一言で、テレシアの薄笑いの仮面が、ついに剥がれ落ちる。

「バカバカしい……我ら分家の子女が魔法学院に通っていないのは、そもそもフェーヴェルの家法があったからです！　そうでなければ私もとっくに魔法学院に通い、あなたを上回る結果を出せていたと思います。そもそも、私達分家の者は直系でないというだけで冷遇され続けてきたとも言える。でも、今更そこに不満はありません。しかし直系の、それも次期当主がここまでの凡人ならば、我ら分家の立場はどうなるのですか！　これまで本家を支え、忠誠を誓い続けてきた一族への背信行為ではありませんか⁉」

慇懃さを完全に取り去ったテレシアの声には、それこそ魂の叫びのような悲痛さがともなっていた。

怒りに震える双眸は、テスフィアの無様さ、緩さの一切を許さない勢いだ。まさに当主となる覚悟、自覚を問うていると言ってよい。

いっそ、ウームリュイナのアイルと素直に婚約し優秀な伴侶を迎えることにした、と言われたほうがまだ良かった、と言わんばかりだ。まさに現当主のフローゼがそうであったように、その方が将来的に家のためになる可能性があった、とまでテレシアは捲し立てた。

痛烈な指摘に、一時的であろうとテスフィアはグッと口を閉ざさざるを得ない。

「いくら学生のおままごとで実績があろうと、私はお嬢様の実力は、歴史あるフェーヴェル家の中では低い部類と見做しています。もちろん私やローデリヒ達と比較しても、です……！　そして今回、フローゼ様は我らの働き次第で、秘蔵の継承魔法を分家に授ける約束までされました」

「し、知ってるわよ！　だから何だっていうの⁉」

さらにヒートアップしかけるテスフィアの肩を、誰かの手が強く引いた。

「二人とも、いい加減にしろ。こうもバタついてるんじゃ、そのうちウームリュイナ家の耳にも入りかねん」

そう鋭く言い放ったのは、いつの間にかやってきていたアルスだ。テスフィアはハッとしたような表情を浮かべ、「分かったか？」とでも言いたげなアルスの冷めた表情を見て、ぐぐっと悔しげに口を噤む。テレシアも議論を中断し、アルスに訝しげな視線を向けてくる。

「そこまでフィアの実力が問題なら試せばいい」

アルスは双方に、意味深に笑いかけつつ言った。

「何を、でしょうか」

鋭く問い返すテレシアに、アルスはストレートに言い放つ。

「戦え、1対1でだ。しかもこの場で今すぐ」

「……!?　正気？　分家の者が本家の者を傷つけるなんて、許されるはずない！」

「はっ、どの口が言うんだ。お前はすでに十分傷つけているだろ、その舌鋒でな。次はどうする、養子に入って本家を乗っ取るか？」

目を細めて挑発気味に言うアルスに、テレシアは軽く首を振って。

「ハッ、何を根拠もなく……とにかく、私はやりません。貴族じゃないあなたには分からないでしょうけど、私に許されていることは、ただ伝統に従って忠告するのみよ」

「体裁だけは一人前だな。だがお前がやっているのは、意義深いご忠告とは逆効果だ。フェーヴェルの未来が懸かった【テンブラム】に向けて、チームを空中分解させようとしている」

それからアルスは、改めてテレシアに向き直り。

「……逃げるのか？　フィアは確かにちょっと頼りないかもだが、お前よりはずいぶんマシだぞ。俺が仕込んだだけあって、才能があるからな」

「なっ！　私だって、直系はおろか、分家の中でも歴代最高の才能があるわ！」

胸に手を押し当てテレシアが熱弁をふるうのを、アルスは冷ややかに見つめ。

「ほう、随分自信があるようだが、天才とかは人に言われてナンボだろ。少なくとも自分で名乗ると途端に陳腐になるから不思議だ。先にも言ったがテレシア、お前はやはり何も見えてない。繰り返すがその点、フィアはお前よりはマシだ。大事な戦いを前に、皆の前で全体の士気をダダ下げするような馬鹿な真似はしないからな」

「くっ……！」

「それに、あそこまで言ったんだ。アホな次期当主の行ないを力で正して自覚を促す、絶好のチャンスだと思わないか？　大丈夫だ、コイツは俺が仕込んだだけあって頑丈だ。ちょっと脱獄囚どもに撫でられた傷もほぼ治ってる、多少懲らしめてやったぐらいじゃこたえんさ」

何を勝手に……とでも言いたげなテスフィアの口を、アルスはさっと塞いで続ける。

「大口を叩く割に弱腰にもほどがある。ちょっとした手合わせだろ？　いっそフィアに胸を貸してやるつもりで受けてやれ、そもそも天才なら負けるはずがないんだからな」

「い、良いでしょう！　そこまで言うのでしたら……お嬢様にぜひ、お手合わせ願い申し上げます」

　怒りに震える口で、どうにか言葉を紡いだテレシア。

　ほくそ笑んだアルスは、小声でテスフィアに耳打ちする。

「お前の足場を固めるだけじゃなく、今後の訓練をスムーズにするのに必要だ」

「そ、それは分かったけど……でも、テレシアは」

「ああ、フローゼさんから聞いたよ。あいつはお前より二年早く【アイシクル・ソード】を習得したらしいな」

「し、知ってるなら」

「は、それがどうした？　あんな魔法は、造形さえ凝らなければ一日でできるようになるレベルだ。お前だってとっくに使いこなしてるだろが」

「だからって、無茶苦茶よ！　皆が、アルみたいにやれるわけじゃないのよ……？」

「黙ってやれ……それも殺すつもりでな。最悪、俺が介入してどちらも大した傷は負わないようにしてやる。いずれにせよ、将来に渡って禍根を残しそうな面倒ごとを一気に解決できるこの機を逃がす手はないぞ。それにもう一つ、テレシアは確かに優秀なのかもしれんが、お前にだって切り札があるだろ」

「……！」

「早くしろ、今はフローゼさんもセルバさんもデータ分析のために席を外してる。誰かがご注進に及ばないうちにな」

「わ、分かったわよ！」

溜め息をつきつつ、テスフィアはようやく、覚悟を決めたように頷いた。


1対1の対人戦用訓練場に、今や即席の円陣が作られていた。

衆人環視の中、テスフィアとテレシアが向かい合う。髪型や目つきなど、細部を除けば姉妹かと思えるほどに似ている二人。ＡＷＲすらも、お互いに同じ刀型のようだ。

張り詰めた空気の中、自然と審判役となった形のアルスは、二人の間に立った。

「【テンブラム】の仮訓練フィールド内じゃないから、腕輪とバリアは無用だ。生身での模擬戦になるが、俺がいる限り絶対に最悪の状況は起こさせない……いいな？」

この場に、アルスの真の順位を知る者はテスフィアやロキ以外にはいないはずだが、どうもその言葉には、奇妙な説得力があるようだ。隠していてもシングルの風格というものは、自然に滲み出てしまうものか。年長者達はもちろん、ローデリヒも今は無言で状況を見守っている。

未だどこか浮かない顔のテスフィアとは打って変わって、テレシアは自信に満ちた余裕の笑みを浮かべている。彼女が構える刀型AWRも【詭懼人《キクリ》】同様、ヴェルデールの家宝に匹敵する逸品だ。白銀の刀身に流れるような魔法式が刻まれ、【キクリ】より五寸ほど長い。

「申し訳ないのですが、フェーヴェルのため、勝たせていただきます。せいぜいお怪我をなさいませんよう、こちらのせいにされても困りますから」

「はいはい、分家の天才さんがどれくらい凄いか見せてもらいましょ」

引き攣った笑みを浮かべながら、テスフィアはテレシアの挑発に応じた。

直に戦うのはこれが初めてだが、彼女の才能の片鱗は常々聞かされている。態度は気に食わないが、もしかするとこの勝負で「胸を借りている」のは、本当に自分のほうなのかも知れなかった。

そんな中、ふとテレシアの視線が【キクリ】に向いていることに気づく。

「お嬢様、せっかくの真剣勝負ですし、賭けでもしませんか?」

えっ、思わず上擦った声を発したテスフィア。

「で、でも、【キクリ】はフェーヴェル家の家宝だからダメよ?」

「もちろん、知っています。欲(ほっ)することすら無礼に当たりますから。ですので……少しだけお借りするのはどうでしょう?」

「借りるって、どうするつもりよ!」

「どうもしませんよ、少し使ってみたかっただけです」

あくまで平穏(へいおん)に言うテレシアだったが、彼女に狙(ねら)いがあるのは確かだ。

【キクリ】はフェーヴェルの直系が代々、継承魔法習得のために受け継(つ)いできたAWRという側面を持つ。だがそれ故に、特定の個人が使い続けることが前提の通常AWRとは異なり、個人の魔力(まりょく)が内部に蓄積(ちくせき)されない特質がある。いわば、使用者の魔力を通し続けることで内部が自然とカスタマイズされ〝手になじむ〟ということがないのだ。代わりにそれは、フェーヴェルの血筋が持つ魔力情報の特定情報群を蓄積させていく。

そして、テレシアが考えていることはただ一つ——テスフィアに一時なりとも借りた【キクリ】に触(ふ)れ、自在に扱(あつか)ってみることだ。その反応により、自らの資質を試(ため)してみたい。相応の手ごたえがあれば、己(おのれ)が正当継承者(けいしょうしゃ)にも負けないことを、継承魔法にすら挑む資格を持つことを、誰よりも自分自身で感じ取ることができる。

分家はどこまで行っても本家の下——その格付けを甘(あま)んじて受け入れるには、テレシアの能力はあまりにも群を抜いていた。そして、本家の跡取(あとと)りが堕落(だらく)し、ろくに務めさえも果たせないのなら話はさらに変わってくる。自分にも資格の有無を——正当な評価を、とそう願わずにはいられない。由緒あるフェーヴェル家を残すならば、本家に牙を剥くことすら躊躇するべきではない、と。

「それで……あなたは何を賭けるのよ」

「もし私が負けたら、魔法師として生きる道を断ちます。ヴェルデールの私塾では素晴らしい師に恵まれましたが、そこで学び続ける道を捨ててでも」

「大げさね。それ、私にとってメリットなんてないじゃない。はぁ……でもまあ、気が済むならそれで良いわよ。それじゃ、さっさと始めちゃいましょうか」

魔力を【キクリ】に行き渡らせつつ、テスフィアは深く息を吸う。

（思ったほどの緊張はないわね）

全魔法師の頂点に君臨するアルスとの模擬戦を、彼女は何度も重ねている故だろうか。

一方のテレシアも、戦闘態勢に入った。全身から溢れ出る魔力は微かな冷気を帯びている。互いに模擬試合後ではあるが、魔力は十分残っていた。

「ええ、試合開始です、お嬢様！」

そう言い終えるや、テレシアはいきなり身にまとわせた魔力を魔法へと構築した。

その頭上に一筋の氷針が生まれ、それが瞬時に巨大な氷塊へ。続いてその氷塊は鋭い氷剣へと造形され、表面に凝らした意匠までが浮き彫りになる。

（【アイシクル・ソード】!!）

初手でフェーヴェル一族の伝統魔法、しかもこの構築の速さ……テスフィアの反応が一拍遅れる。

だがテスフィアもまた、これまで訓練してきたことを反芻するように素早く魔力を操る。こちらもテレシアに対抗しての【アイシクル・ソード】。

一瞬で冷気が充満し、洗練された氷剣がテスフィアの頭上に出来上がった。

そして両者の【アイシクル・ソード】が同時に射出され、二人のちょうど真ん中で、耳を劈くほどの衝突音が響き渡った。

大気が即時に冷えて白煙が生まれ、砕け散った大量の氷片が地面を跳ねては、魔力残滓へと還っていく。

周囲を取り巻く観戦者達は、その迫力に思わず数歩後ずさったが、アルスは特段のこともないとばかり、ただ無感情に審判の役割に徹していた。

異様な冷気が地を這って吹き抜けていく中、晴れかけた白煙の中からいち早く抜け出てきたのは、刀を引いたテレシアである。相殺された【アイシクル・ソード】によって生まれた白煙を目眩ましに、テスフィアへと一気に肉薄しようというのだ。

地面を嘗めるようにして、その切先が逆袈裟斬りに振り上げられる。

が、テスフィアの【キクリ】はその力に逆らわず、払い上げる形であっさりと斬撃の軌道を逸らした。

自信があったらしい奇襲が軽々とあしらわれたことに、テレシアの瞳に驚愕の色がはっきりと表れる。それを見たテスフィアは、もはやアルスの言葉を確信した。分家の天才と称されたテレシアだが、その力は決して手の届かない高みにはない。それどころか微かに手に残る感触が、テスフィアの戦闘モードのトリガーを、はっきりと強く押し込んだ。

火花が散りそうな刃の擦過——一瞬のやり取りの中で、テスフィアは手首を返し、腰を捻って刀を横に薙ぐ。

「……!!」

息もつかせぬ反撃に、テレシアは上体を逸らして大きく後ろに跳躍する。

その顔に、目に見えて浮かぶ動揺の色。間一髪回避したテレシアであったが、今の攻防で、彼女の中のテスフィアに対する認識ははっきりと覆されていた。

さらに視線を自分のＡＷＲに移せば、その刃にこびり付いた氷片が見える。

強力な冷気をまとわせ特性と威力を強める、【氷刃】と呼ばれる常套戦術魔法。これを一手早く使用したのはテレシアの方だった。にもかかわらず、凍り付き、鈍になったのは己の刀の方……つまりは、遅れて発動されたはずの相手の冷気が上回っていたことになる。氷系統使い同士における力量差を示すのに、これほど明確なものもないだろう。

しかもテレシアが驚愕している最中にも、視界の端で地面が凍てついていく。来る、と判断するより先に、身体が動く。

眼前の地面が冷気に侵されたかと思うと、たちまち凍り付いた。テスフィアを中心に、まさに瞬時にして地面が放射状に氷結していく。伸びる氷がつま先に触れる直前、テレシアはさっと跳躍。刀についた氷片を払うついでの勢いで、まるで境界線でも引くように、地面を鮮やかに切りつけた。

すると真一文字に引かれた切れ目に冷たい光が爆ぜ、そこから吹き出すように蒼い氷の花が咲き乱れる。

「【氷花満開《アイシクル・ガーデン》】」

テレシアの周囲に氷花が咲き乱れ、テスフィアの【凍結《フリーズ》】の侵攻を阻む。

そう、これはただの初位級魔法に分類される【フリーズ】だった。だが、これほど広範囲を巻き込む凍結効果は、テレシアの知識にはない。これではほとんど中位級魔法並みの威力だ。

（まずは体勢を整えて!!）

ふっと、それはまるで意識しなければ気づけないほどの時間の隙を縫ってやってきた。敵意や殺意を伴うものとは違い、意識の隙間を縫う最小限の動作で潜り込んでくる、衝撃の気配。

テレシアの正中を捉え、真っ直ぐに突きこまれてくる刃が、すぐそこまで迫っていた。

（ぐっ……）

身体を辛うじて捻り、なんとか躱したと思った刹那。

眼前で赤い髪が横に流れ、視界に入るテスフィアの身体が空中で真横になったかと思うと、重い一太刀が膝に衝撃を与えた。

続いて、二撃三撃と立て続けに連撃が襲い来る。なんとか刃で受けたが、そのたびに相手の冷気が絡みつき、刀をいやが上にも重くしていく。

「グッ……調子にっ」

乗るな、と気を吐きながらテレシアは一歩、大きく地面を踏み叩いた。すると足元から、たちまち間欠泉が如き勢いで、高圧の水が噴出してくる。

中位級に分類される水系統魔法。ローデリヒとは違いあえて伏せていたが、テレシアも密かに〝二系統目〟を有していたのだ。

だが、そもそも若年のうちから二系統を使いこなせる者など稀だ。それも戦闘中に、手札としてしっかり機能するレベルとなると……確実に想定外。怒涛の如く噴出する水流の真上にいただけに、さすがのテスフィアも直撃はもはや免れえないだろう。

テレシアにようやく余裕が生まれ、口元に微かに安堵の笑みを浮かべる……だが。

「なっ⁉　何よ、それ……」

丸く見開かれたテレシアの目に映ったのは、水流の上に手を突いて屈み込んでいるテスフィアの姿だった。そこが、まるで平たい岩盤の上でもあるかのように。

いや、そこはまさに凝固した氷の上。大量の水は瞬時にしてそのまま凍結させられ、いわば噴水がそのまま固まったかのような、奇妙な氷像と化している。

それはテレシアが気づけなかったほどに、まさに一瞬の出来事であった。放った魔法が水系統のもの故に、テスフィアが操る氷系統魔法とは相性が悪かったのか……いや。

これは凍ったと表現するより、丸ごと全てが氷に置き換わったと言った方が正しい。

「ま、まさか……【永久凍結界《ニブルヘイム》】⁉」

震えるテレシアの唇から、上擦った声で呟かれたその魔法名は……その現象は、背筋が凍るような冷気とともに、テレシアの心胆を文字通り寒からしめた。

そう、テスフィアが繰り出したのは最上位級魔法【ニブルヘイム】。かなり限定的な発現ではあったが、それを目撃してしまったテレシアは、もはや平静ではいられなかった。

こんな高レベルの魔法は、名の知れた魔法師にしか為せない絶技に等しいのだから。

単に学生の模擬戦の域を出ているのみならず、圧倒的な才覚がなければ不可能な技。その驚きはテレシアにとってはもはや、かつて敬愛する父と対峙し、苦もなく膝をつかされた時以来の衝撃と言ってよい。

動けないテレシアを前に、タンッと軽やかに氷像から飛び降りたテスフィアは、そのまま刀を振り下ろしてくる。

「だ、だから何よっ？」

額を伝う冷や汗も拭わぬまま、一声叫んだテレシアは、その姿をぐっと睨みつける。直系であるテスフィアの力を過小評価していたのは認めざるを得なかった。いや、テレシアだけでなく、もはや分家すべてが認識を改めなければならない。それだけは間違いなかった。

しかし彼女は同時に、勝敗はまた別であることを知っている。実際、テスフィアが発動させた【ニブルヘイム】は、かなり狭い範囲……実のところアルスの猿真似に過ぎない。現に【ニブルヘイム】によってできた氷像は不可解に崩壊していた。

再び、激しく衝突する刀同士。互いの魔力をぶつけ合い、膂力でせめぎ合う。

必死の形相を浮かべるテレシアとは対照的に、テスフィアの瞳はどこまでも涼しかった。

ふとそんな相手の気配を察して、眉をひそめたテレシアは焦りとともに内心で呟く。

（勝ち誇っているわけでもない、見下しているのでもない。どうしてこんなに冷静でいられるの？　いえ、ただの余裕とは違う。何だろう、お嬢様の心が冷たく冴えている感じが、そのまま伝わってくるような）

そう考えたところで、テレシアはハッとした。

魔力が使用者の精神力や感情に影響を受けるように、魔法もまた同様の傾向を持つ。そして系統ごとに、その道の達人には独自の境地、究極の精神の在り方というものが存在する、とされる。

かつてテレシアは、父から聞かされたことがあった。曰く「氷系統を極めることは同時に、何事にも動じない氷鋼の心を持つことだ」と。

まさに心を凍らせる、その境地に達していると囁かれたのが、四代前の本家当主たるカナリア・フェーヴェルである。彼女はその兄とともにフェーヴェル家の象徴的な存在にして、まさに最強の氷系統魔法師だった。現代においても、分家が「かつての栄光」という言葉を持ち出すとき、たいていは彼女の全盛期を指し示すことが多いくらいだ。

そして今、テレシアは肖像画でしか見たことのないカナリアの姿を、なぜか眼前の赤毛の少女に重ねてしまっていた。当主に就いたのは僅かな期間であったが、かつて父から聞いた、無二の英傑たる魔法師の姿を……この時、テスフィアの面影の中に見出してしまったのだ。

　グッと奥歯を噛み締めるのは、気の迷いじみた、一瞬の幻像を否定したかったからか。さらに力を込めれば、一層の魔力が握りこんだ刀へと流れ込んでいく。

　息を呑むような鍔迫り合いが続き、圧縮された冷気が爆発し、白煙が一陣の風となって駆け抜けた。

「ハァハァハァ……」

　ゴクッと喉を鳴らしつつ、テレシアは確実な腕の痺れを感じながらも、ほっと安堵した。なんとかテスフィアを弾き飛ばし、その反動を受けたものの、軽快な身のこなしで着地できた。少なくとも皆の前で、無様な姿は晒さなくて済んだだろう。

　刀を構えたまま、ほとんど発作的に顎を二の腕で撫でる。だが、それで滴る汗を上手く拭えたかどうかは、自分でも分からなかった。

　動悸が落ち着くのを待って、大きく息を吐き出す。

「随分、いえ、かなり強くなられましたね。正直驚いています」

　テスフィアの戦いぶりは、型通りの学院生活などでは到底身につけられるものではない。それこそ全てが、対人戦に慣れていなければできない動きだ。そして、それほどの過酷な訓練は生ぬるい学院などではなく、寧ろ分家の英才教育の場こそが本領とするところ。それぞれの私塾や招いた師の厳しい教えの中で、培われるものであるはずだった。

かく云うテレシアも、父に自ら稽古をつけてもらう時以外は、現役か元かを問わず、国内の高位魔法師や魔法の専門家らに師事しているのだから。そして、安易に学院へ通えない分家の子息・息女だからこそ、その教育は自ずと実戦寄りのものになる。何しろ国が乱れれば本家を支え、何かあればその血を継ぐための人柱になる、というのが分家が存在する意味であり、建前なのだから。

そしてテレシアは父の期待に応え、幼少期から今日までずっと努力し続けてきた。いざとなれば本家当主の剣、もしくはその完全な代替品になるために。しかし、その役目はいつしか重責へと変わり、果てには万が一、継承魔法を学ぶ日が来ることに備えて人一倍厳しいトレーニングを己に課した。自分の身体を責め抜き、あらゆる基礎を叩き込んできた修行の道の果て、テレシアはここに立っている。

フェーヴェルの血を最も色濃く分けたヴェルデール家故の使命ともいえる。その血の滲むような努力を根底から否定する存在。文字通り、彼女の存在意義全てを突き崩す者が、今、眼前にいる。

「うあああっ！」

心中に渦巻くわだかまりをドッと吐き捨てるかのように、一声大きく吠えたテレシアは、受け入れ難い現実を力でねじ伏せるべく、改めて大きく息を吸う。

そして微かに膨らむ胸部。魔力とともにグッと息を溜めつつ、テレシアは胸中で魔法名を唱える。

（【愛しの雪花《フリルスロート》】）

ふぅっと口から漏れ出た冷気が爆発的に増幅し、あっという間に立ち込めた薄い霧が周囲を取り巻いた。

（これなら、同系統でも効果は十分……いざ！）

テレシアの決意をこめた眼差しに、異変に気づいたテスフィアが、ピクリと刀を傾ける。

【フリルスロート】は、いわば妨害系の魔法である。細かい粒子が魔力に吸着することで、急速にそれを凍結し弱体化させる。

すでにテスフィアの身体には、雪のような粒子がうっすらと降り積もり始めている。

【フリルスロート】が発したそれは、同時に、彼女の体内にめぐる魔力の流れをも鈍化し始めていた。

事象の改変力としては薄弱であるが、これはテスフィアも知るアルスのオリジナル魔法、【霧結浸透《ミストロテイン》】と似たものであった。ただ【ミストロテイン】と異なり、瞬間的に全てを凍結させる域までには及んでいない。それは基礎魔力不足というよりも、そもそも構成の精緻さに違いがあり過ぎるためだ。仮にこの魔法の主がアルスであり、放たれたのが本物の【ミストロテイン】であったならば、さすがに勝負は決していただろう。

テスフィアは身体の変化に動じずに息を止め、少し瞼を閉じる。長い睫毛に霜が降りるが、もはや怖れるに足りないとばかり、口角を上げて微笑した。

そして次の刹那、濃霧の中を駆け出す。妨害が意図ならば、降り積もる魔の雪で全身が重くなる前に、テレシアへと一直線に向かうだけだ。氷系統同士だからか、フェーヴェルの血が為せるものか、この勝負の間、テスフィアは不思議とどこか、心地よさのようなものを感じていた。

ただし、けじめはつける必要がある。ここでテレシアに、己の明白な力を示すのだ。そしてこの先、彼女の真なる成長を妨げ得る、その思い上がりを挫かねばならない。

それは、勝負を見守る分家の者達に対しても同じこと。

ああ、こういう思考こそが、次期当主としての本当の自覚の芽生えなのだろうか。テスフィアはそんな妙な感慨を抱いて、目の前の試練に挑んだ。

濃い霧の奥に進む瞬刻の間、まさにそれは予想していた形でテスフィアの前に立ち塞がった。

待っていたとばかりのテレシアの表情――それは罠にかかった獲物を見るものとは違い、寧ろ最後の決戦に臨む騎士の如き、凛とした意志の表れであった。

周囲を押し包む冷気の中、テレシアは凍える息を吐き出すように、唇を開く。

「これが！　私の価値だ！　我が忠誠の代行者よ哀願に応えその行動でのみ示せ、【哀切の高潔騎士《アイゼン・レガンス》】」

氷系統の使用者とは思えぬ熱を帯びた瞳がテスフィアを睨め付け、周囲の冷気が渦巻いてテレシアを囲っていく。

たちまち彼女の背後に、巨大な影が顕現した。上半身のみが構成された勇壮な氷蒼騎士の幻身。およそ三メートルを超える大きさかつ、手にしているのは巨大な氷剣だ。フェーヴェルの意匠が刻まれたそれは【アイシクル・ソード】ですらなく、テレシアが全ての魔力を注いで生み出した、唯一無二の氷剣であった。

突進してくるテスフィアに向けて、冷徹な騎士が氷剣を大きく振り被る。

が、刀を引いたテスフィアの直ぐ傍には、その動きにピタリと追随するように巨大な氷剣が生み出されていた。

その圧倒的な造形もさることながら、氷の白と調和する鮮やかな蒼穹の色が、魔法としての完成度を指し示しているのだ。

同じ氷系統魔法の使い手であればこそ、文字通り彼我の資質の違いを形にして突きつけられたかのようだった。テレシアは見惚れるかのように、その見事な氷剣を見つめた。雑念に汚れた心が僅かに浄化されるような陶酔……その造形美は、もはや瞬きさえもテレシアに許さない。フェーヴェルに連なるもの、特に氷系統を持つ者にとって、魔法的造形のセンスは実力と品格の証であり、切っても切り離されないものだ。

だからこそテレシアもまた、氷魔法においては造形技術を磨いてきたし、それに励むことが許されてもいた。

しかし、それはあくまでも父や師に定められた範疇、いわゆる「認められた型に収まる範囲」においてのもの。そこに改変の自由など存在しなかったし、彼女自身疑いもしなかった。そもそも魔法式の構成において、造形にこだわり過ぎることは、魔法の難度を高めてしまうことに直結するのだから。

けれど、テスフィアが生み出した眼前の氷剣は、造形の技術と魔法としての力強さがごく自然に融合している。いわば、精緻な造形表現が組み込まれることで、魔法としての完成度までがかえって高まっているのだ。だからこそ、氷系統魔法師ならば直感的に理解できる——寧ろこの造形あってこその、この存在感なのだろうと。

「なら」とテスフィアの覚悟のこもった声が、テレシアを我に返らせる。

「なら、私は私の価値を認めてもらわないとね」

【アイシクル・ソード】の応用発達形、自らの身体に合わせて大氷剣を操るその魔法の名は【氷界氷凍刃《ゼペル》】。氷蒼の騎士にしてテレシアの最高傑作たる【アイゼン・レガンス】に対する、テスフィアの明確な回答だった。

急激な寒気が辺り一帯を支配し、テスフィアの氷剣が滑るように振り上げられる。

【ゼペル】はテスフィアの腕の振りに合わせて動き、真っ向から騎士の氷剣を迎え撃った。

空気の振動というには、あまりにも不可解で奇妙な衝突音が響いた。衝撃は静かに、されど圧倒的な冷気の波となって、周りの木々を凍りつかせていく。その木肌は明確に二人のいる側だけが凍結し、片側は瑞々しさを保っていることから、互いの魔力コントロールの精緻さが分かろうというものだ。

そして最後に、耳に痛いほどの甲高い崩壊音が続く。

残されたのは刀を振り上げた体勢のテスフィアと、立ちすくむ氷蒼騎士。そして、騎士が手にしていた氷剣は、半ばから完全に折れ砕けていた。

「……負けた」

愕然と力なく座り込んだテレシアは、崩れゆく騎士の幻身に目もくれなかった。

勝敗は決した、それもこれほど大勢の目の前で、明確な格付けが終わったのだ。

円陣を組むように集まっていた分家の者達は静まり返り、ローデリヒも顔を引き攣らせて固まっていた。

勝負が決しかけた瞬間に二人の身を案じたのだろう——膨大な魔力に反応して飛び出しかけたロキも、アルスに制止されたまま、驚いたように立ちすくんでいた。

そんな光景を他所に、アルスは小さく微笑んで。

「んじゃ、これで決まったな。勝ったのはフィアだ」

つかつかと円陣の中央に歩み寄り、有無を言わせぬ調子で告げる。

「異論はないな？」

場を外していたフローゼとセルバの元には、すぐに誰かが慌てて報告に行くだろう。ここから先はアルスが関与すべき問題ではないが、少なくともこの先の訓練が上手く運ぶだろうことは確かだ。

一方のテスフィアは、疲れ果てたように膝を折っているテレシアに向け、手を差し伸べつつ一言。

「どうかしら、私もそこそこやるでしょ」

ニコリと微笑む姿に毒気を抜かれたのか、テレシアも僅かに乾いた笑みを返したが、彼女の手を取ることは拒んで。

「いえ……敗れた私には、もったいないご厚意。これまでの無礼をお許しください、テスフィアお嬢様」

テレシアはその場で膝をついて首を垂れる。

アルスは、あまりにもしおらしいその敗者ぶりに、いっそ苦笑して。

「どうするんだ、こういうのは格付けが済んだ後も、軍隊式に躾けとかんと後が面倒だぞ」

「うん？　そんなの殺伐としすぎよ、アルと一緒にしないでよね。それに分家との問題は、いつかは通らなきゃいけなかった道なんだから」

「お優しいことで」

「なによ、これこそ次期当主の器ってもんよ！」

わざとらしく頬を膨らませてから、パチリとウィンクをする余裕っぷりである。

呆気にとられたテレシアに、テスフィアは改めて振り返って。

「試合前の約束は、忘れて？　あなたは素晴らしい資質を持ってる、魔法師の道を捨てるなんてとんでもないわ。寧ろあの凄い魔法で、私を支えてほしいくらいよ」

「で、ですが……」

立場なさげに顔を伏せたテレシアに対し、テスフィアは、腰に差した【キクリ】を無造作に差し出し。

「ほら、使ってみたかったんでしょ？　これくらい何でもないわ、どうぞ」

つまらない約束だといいたげに、テスフィアは断る余地すら与えず、テレシアの手を取って無理やりに刀を握らせる。

まったく大サービスだな、と冷やかしめいた一言を投げかけるアルスを、ロキが裾を引いて制止した。

「よ、良いのでしょうか」

フェーヴェルの家宝である【キクリ】。それを両手で捧げ持つようにしたテレシアは、おずおずとテスフィアへと問う。

大きく頷いたテスフィアを見て、テレシアは緊張の面持ちで右手で柄を握る。これを抜けば……そして魔力を流し、フェーヴェルの魔法を構築できれば……。

汗と血を流し続けてきたこれまでの日々に、答えが出る。直系にも負けないはずと誇ってきた己の資質が、継承魔法に挑めるよう必死で培ってきた努力が、証明されるのだ。

なおもしばらく逡巡していたテレシアだったが、改めてテスフィアの朗らかな顔を見た時、その迷いにはあっさりと幕が下りた。

もう分かってしまったから。自分には最初から、これを手にする資格はなかったのだ。

それはきっと自分ではない他の誰か……父が、母が、親族が、ヴェルデールがそれを望んだ。自分はただ、家に報いたかっただけ。それは決して彼女自身の、テレシア・ヴェルデールの心からの望みではない。

（私は……私は……自分で決めたいだけだった）

自分の意思で一つでも何かを決めたい、切り拓きたい。ただそれだけだった。

テレシアは、どこか迷いが吹っ切れたような晴れがましい笑みを口元に浮かべて、一度は【キクリ】の柄を掴んだ手を、そっと戻した。

「もう結構でございます、ありがとうございます、お嬢様」

「えっ、本当にいいの⁉　触っただけで、抜きすらしなかったじゃない？」

「いいえ、十分でございます。これは次期当主になるべきお嬢様の刀ですから」

「……！　え、あ、うん。分かったならいいけど」

なんだか奇妙な反応をしてしまったのは、テレシアの態度が予想外すぎたからだろう。

彼女は今、テスフィアを指して「次期当主になるべき」と言った。単純な力の優劣に納得を示しただけではない、明確に認めたのだ。

テレシアの中で何か、明らかな変化が起きていた。それがテスフィアには不思議でもあり、不気味でもあり……。

人が成長する時というのは概してこういうものなのだろうが、人情の機微にはまだ未熟なところがあるテスフィアは、その唐突な変貌ぶりを測りかねているようだ。

恐る恐る【キクリ】を取り戻した彼女は、なおも腑に落ちない顔つきで、念を押すように。

「本当にいいの？　何か企んでないでしょうね？」

「いいえ、もはや含むところは一切ございません。強いていうなら、一つだけ……」

「な、何よ！　やっぱりもう一勝負なんてのはダメだからね!?」

「私もヴェルデールの娘、一度交わした真剣勝負の約束を反故にするような真似はしたくないのです。なので、潔く……」

「はあ!?　それこそダメだったら！　魔法師の道を捨てるなんて、許さないわよ」

「ですが、それでは気が済みません。せめて、これ以上ヴェルデールの私塾で学ぶことは止めさせていただきたく。同様に今後、教師の方々に来ていただくのも、ご辞退申し上げたく思います」

「ちょっとちょっと、なんでそうなるのよ。じゃあ、私からお母様に言ってあげるわよ。これまでのしきたりがどうだか知らないけど、法律があるわけじゃないんでしょ。だったらあなたが分家だろうと何だろうと、学院でもどこでも通えばいいじゃない。私が許すわよ」

慌てたテスフィアとしては咄嗟の言葉だったが、テレシアはしばし考え込むようにして。

「なるほど、それは妙案ですね。私が今後も修行を続け、何かあればお嬢様の助けとなってご恩に報いられる道……家の意向とも齟齬はでません。では、本家のお許しをいただけるのでしたら、私は正式にお嬢様の付き人として第2魔法学院へ編入させていただきます」

「えっ!!」

これにはテスフィアだけでなく、アルスも意表を突かれたように渋い表情になる。面倒ごとが増えそうなのは、ちょっと歓迎できないのだが。見ると、ロキも同様に渋面をつくっている。

ただ、一本気ゆえにそんな様子に気づかないのか、テレシアは一人納得顔で言い募る。

「それが、古来より伝え聞くやり方でもありますもの。人質代わりに娘たる私がお側に赴く。ヴェルデール家にとって、それは何よりも忠義の意志表明となります。今後、お嬢様のお立場を盤石なものにするためにも、ヴェルデール家の支持は必要かと思われますので」

「な、何もそこまでしてくれなくても良いんだけど？　ほら、そっちの事情のことは分かってるつもりだから、中立を表明してくれればそれで十分だし」

「しかし先に申し上げたように、これは貴族家としての体面にかかわる問題ですので。では、まずは当家に持ち帰らせていただき、改めて正式な意思をご当主様にお伝えさせていただきます」

「あ～はいはい、それで良いわ。もう、疲れちゃったからいったん休憩ね、仕切り直しよ」

「了承いたしました、お嬢様」

忠臣めかして深々と一礼する様子は、牙の抜けた猛獣が、そのまま忠実なペットになったかのような具合だった。

休憩所へ足を運ぶ中、テレシアは彼女らしく生真面目に礼節を保ちながらも、テスフィアのことをひたすら質問攻めにした。周囲を慮って小声でという配慮はありつつも、まさに根掘り葉掘り、というレベルである。この辺りはかつて【ミストロテイン】について、アルスにしつこく聞いてきたテスフィアの姿を彷彿とさせる。

もちろん、テスフィアが理路整然と全てに答えられるわけもない。最初こそ適当に胡麻化していたが、結局は傍にいるアルスへとお鉢が回る流れになった。

目下の話題は、主に継承魔法についてである。

「お嬢様が最後お使いになった魔法は、やはり継承魔法ですよね。我がヴェルデールは代々、フェーヴェル家の継承魔法に並々ならぬ関心と敬意を抱いており、【アイシクル・ソード】を基に当家のオリジナル魔法を作ったほどです。【哀切の高潔騎士《アイゼン・

レガンス》】がまさにそれです」

　最初は迷惑げだったものの、新造魔法と聞いては黙っていられないのがアルスでもあった。いつしかテレシアの疑問に答えつつも、彼女が語るヴェルデール家の魔法についても熱心に耳を傾けてしまっている。

（ふむ、あの魔法はやはり【アイシクル・ソード】を基に作られていたのか。だが、直接【キクリ】に刻まれた魔法式を確認した上、何度かフィアの【アイシクル・ソード】を見て読み解いてる俺とは、アプローチが自然と異なるはずだが）

　そもそも、新たな魔法を作るというのは並大抵のことではない。しかもテレシアが使った氷系統の妨害魔法【フリルスロート】は、アルスのオリジナル魔法【ミストロテイン】と似ている部分もあった。

（いや、改めて考えてみると、あれはどちらかというと【桎梏の凍羊《ガーブ・シープ》】に近しい気がするな。【ガーブ・シープ】もフェーヴェル家の継承魔法の一つなのは間違いないが、それにしてもテレシアの【アイゼン・レガンス】はなかなかのものだ）

　口には出さないが、テレシアが分家筋の天才だと担ぎ上げられたのも分からなくはない。国内外の高位魔法師らの手解きを受けたというだけあり、魔力の運用法や魔法構築の正確性は、実戦的に鍛え上げられている。そして何より、魔法に対して造詣が深いのは火を見るより明らかだ。

少なくとも彼女が見せた【アイゼン・レガンス】は、氷剣と氷の騎士という二つの造形物を組み合わせた難解な魔法で、まさに二重操法と呼ぶに相応しい。同時に二つのプロセスを進行させ、一つの結果に帰結させるなど、並みの訓練で身につけられるものではない。テスフィアでなくとも、埋もれさせるには惜しい才覚だと認めざるを得なかった。いっそ、本来あるべき貴族の英才教育……その集大成が彼女なのではないかとすら思えてくる。

「なるほど、【アイゼン・レガンス】とは俺でも聞かない魔法名だと思ったが、そういう原理なんだな」

「うんうん、確かになかなか凄かったわよ！　私もああいうの、覚えたほうがいいかな？」

ちょっと気を遣ったらしいテスフィアが褒めると、テレシアはいかにも誇らしげに天狗の鼻を伸ばすようなドヤ顔を浮かべる。

「いえいえ、それでもお嬢様には及びませんでしたから。ただ、確かに【アイゼン・レガンス】に加え、秘伝の【フリルスロート】なども習得して応用されれば、お嬢様の戦いぶりの幅広さは、それこそ無限に……」

「そうか？　こいつは単純馬鹿だぞ、俺ならもっと別のシンプルな戦略を勧めるが」

とつい口を挟んでしまったアルスに、テレシアがジロリと冷たい視線を向け。

「お嬢様、いくらなんでも交友関係を考え直された方が良いのでは？　口さがない無礼者をお傍に近づけるのはやめた方が良いかと」

慌てるテスフィアを他所に、途端に場の空気がピリつく。

「……あ？」

「貴族にしては面白い冗談ですね。褒めて差し上げましょう」

眉を寄せるアルスに続き、ロキまでも好戦的に噛みついていく気配を見せたので、テスフィアは気が気ではない。

「えっとね、テレシアさん？　アルは確かに私の学友ではあるけど、軍とも関わりが深くって……そう、お母様もアルをとっても〝信頼〟してるから。私だって、すご～くお世話になってるし！」

もはや自棄になったように全力でアルスをフォローするのを、テレシアはどう取ったのか、意外そうに。

「おや、そういうことでしたか。お嬢様はてっきりフローゼ様とは違って、真っすぐに魔法師の道を行くことを選ばれるのかと思っていましたから。完全に家庭に入られるのなら、確かに学友の中から伴侶を選ぶことも有用かもですね。しかしこの者、あまり愛想はなさげな顔立ちですし、励めば子宝に恵まれるというような逞しい雰囲気でも……」

今度こそ一行の足がピタリと止まり、本当の沈黙が舞い降りた。

「今、な、な、なんて？」

辛うじて平静さを保ったテスフィアが恐る恐る聞き返すが、テレシアはきょとんとした風に首を傾げる。

「はぁ、貴族として子孫を残すことは重要な役目ですけど。当主になられるにしても、子供は多ければ多いほど良いものかと。あとはこの者が、伴侶として適任かどうか」

「なんで、そ、そんな話になるのよ!!」

顔を限界まで朱に染めたテスフィアの前で、テレシアは一人合点したように続ける。

「なるほど、そういうことですか。貴族には一夫多妻制のほか、一妻多夫制も認められていますからね。ただし私に言わせていただければ、後者はあまりお勧めできないかと。男というのはとかく群れの中の長になりたがるものですし、怪しげな出自の者を迎えれば、子ができる前から反逆や乗っ取りの危険もございます」

テレシアはそのまま、アルスに向き直って。

「ですからどこの馬の骨とも知れぬあなたは、第二夫が望ましいでしょう。体裁のため、本夫は上級貴族が望ましいですから。お分かりですか、お嬢様」

少なくともテレシアはテスフィア以上に貴族社会に精通しているようだが、寧ろ毒されているとも言えるかもしれない。目が曇っているというべきか、少なくともアルスの前で、堂々と胸を張って純血主義の優位を主張するのだから。

「おい、聞くに堪えん戯言を並べるな。俺がフェーヴェル如きに入ると思うのか。舐めてんのか？」

「な、なんて不敬な！」

「ふん、そうだな……お前の寝言は、これがどうにかできたら聞いてやる」

幸い、休憩中の今は例の腕輪は外してある。続いてアルスが指を一本立てると、上空に小さな火球が浮かび上がる。それがぐっと膨れ上がって現れたのは、炎を巻いた小太陽——アルスの得意魔法の一つ、炎系魔法たる【煉獄《アストラル・サン》】である。いつもより遥かに巨大なそれは一行の頭上をチリチリと熱で炙り、周囲の気温も急上昇していく。

そしてアルスが指を振った瞬間、小太陽が動き出す。見た目はすでに魔法というより天変地異に等しい。地表を真っ赤に染め上げて迫りくる【アストラル・サン】……それを見上げるテレシアの双眸が、驚愕の色とともに陽の色を映して照り輝く。

「ヒッ、嘘っ!?」

照り焼ける熱に耐えられず、咄嗟にテレシアが腕で頭を覆ったところで、アルスはパチリと指を鳴らした。

たちまち【アストラル・サン】は、その莫大な熱量ごと嘘のように掻き消える。それでも発せられた炎の名残は、しばらく空に赤い幻影の帯を残して揺らめいていた。

「ふん、最上位級程度の魔法でこれじゃあな。極致級魔法でも味わってみるか？」

涙目になりながらブンブンと顔を左右にふるテレシアに、アルスは満足したように肩を竦めた。

「さあ、いい気分転換になっただろ。休憩が終わったら、早速訓練の続きだ。身体を休めとけよ」

唖然としていたテスフィアも内心で「大人気な！」とツッコミを入れつつも口では「そうね」と気を取り直したように頷いた。が、同時にアルスにちらりと意味深な視線を送った。

「それはそうとさあ……結婚云々の話はいったん横に置いといてもよ？」

不可視の箱のようなものを、よいしょっとずらすような仕草を見せて、テスフィアが続ける。

「否定の仕方ってものがあるでしょ？　ウチの家に入るのを、あんな全力で否定するとか、その気がなくとも失礼じゃないかな～、とか思ったりなんかして……」

最後のほうはモショモショした小声になるのに、アルスは怪訝な顔を向けて。

「あ？　何言ってんだ。今のお前に将来の話なんて呑気なことを考えてる暇があると思ってるのか？　そうでなくとも【テンプラム】で負けたら、アイルと婚約成立だろうが」

「あ、いやー、それはそうなんだけど」

言葉に窮するテスフィアに、珍しく助け船を出したのはロキであった。彼女はわざとらしく空咳を挟んで。

「こほん。アルス様、せっかく目の前の問題を解消できたのですから、まずは良しとしなければ……こういうことは、デリカシーが重要なのです。異性からそのように言われては誰だって傷つくものなのです」

「何を言ってるのかさっぱりなんだが。どちらにせよ、俺は余計な気苦労はごめんだ」

バッサリと断言されてしまったが、ロキもここは他人事ではないとばかりに食い下がる。

せっかく多少は色っぽい流れになったのだ、この際アルスには、繊細な女心の扱いについてもう少し学んでもらう必要があるだろう。世の中の半分が女性である以上、それは立派な処世術の一つなわけで、男性の友人などほぼいない上に女性陣にまでそっぽを向かれれば、ますますアルスが世界で孤立してしまう。

（ん？　でも、そうなれば……そうなれば、最後にお側に残るのは私で……？）

一瞬邪な考えが頭を過ったが、ロキはなんとか良心を働かせてそこでいったん思考をストップし、本筋に立ち返る。

「いいえ、そうもいきません！　この際、テスフィアさんのことはどうでも良いので、せめて周囲の女性陣を、もう少し慮った言葉遣いをしてください。円滑な友好関係に必要ですから」

「何度も言うようだが、友好関係なんぞ求めてない」

「今回ばかりは、そうもいかないのでは？」

「ん……それはまあ、な。不要な衝突は避けろってことか」

【宝珠争奪戦】においてチームの連携は必須だ。いくらアルスがほぼ万能でも、チームが険悪なムードでは勝利は覚束ない。だからこそ、テレシアとテスフィアの勝負をお膳立てした部分もあるのだから。

「部隊内に異分子が紛れた場合、連携行動の効率低下が著しいことはご存じですよね？　仮に女性隊員が多いチームだった場合、隊長の気遣いがなければどうなると思います？」

軍での常識まで持ち出して、アルスを追い詰めるロキ。

「……い、以後、気を付ける」

「はい、そうなさるのが良いでしょう」

ロキは満足げに頷いたが、何よりロキの言うことばっかり、とでも言いたげにテスフィアは若干不満げである。このへん、思春期の乙女心は、実に複雑怪奇なのだ。まさに、知らぬは本人ばかりなのだろう。

休憩の後は【テンブラム】における全体の動きを録画映像によって皆でチェックし、さまざまな役割分担や人員配置を試行錯誤する。訓練は、擬似太陽が完全に隠れてしまうまで続いた。

とはいえ、いくら開催当日までみっちり訓練したところで限界はある。どこまでいっても即席のチームでしかない以上、綿密な連携はもちろんのこと、アイコンタクトで意図を伝えられるほどの練度は望むべくもないのだ。

一方、テレシアとテスフィアの一件を知ったフローゼとセルバは、アルスにこれ以上ないほどの感謝の意を表してくれた。いずれ分家とのいざこざは避けられなかったため、まさに渡りに船といったところだったのだろう。

（そもそも俺が勝手に始めたことだ、まさか利用されたということはないだろうが……）

元々くすぶっていた火種の中に、アルスという異物を放り込めばどうなるか。まさか本来予想不可能な化学変化すら、老練な貴族当主の掌の上ということは……。

食事の席にて、上機嫌で極上のワインをふるまってくれる女当主と、これまた特上の料理をテキパキと取り分けてくれる老執事。二人の息の合ったにこやかな笑顔を見つつふと疑念を抱いたアルスだったが、そこは疑っても詮無き事。一先ずはロキと一緒に、無言で料理に舌鼓を打ったのだった。

そして、初日から数えて四日後の夜。いつもの晩餐後、アルスとロキとセルバは、フローゼの書斎で本日の訓練成果を検分していた。

「ふむ、やはり今の練度で使える戦略は、ここらが限界でしょうな」

難しい表情で唸るようにセルバが告げ、卓上の戦略図に目を向ける。その地図は【テンブラム】開催予定地、ウームリュイナ家が所有する巨大敷地を写したものである。これには大雑把な地形も写っているが、起伏まで完全に把握するのは難しい。

「地形を完全に把握できない以上、個々の適応力を高めていくことが大事でしょうね。それで地力の差をカバーしていく手でしょうか」

アルスが答えたが、ここで言う戦力の差とは、推測上のものでしかない。【テンブラム】は強者を縛る規則が盛り込まれ、戦力を可能な限り平均値化した上でぶつかりあう戦争遊戯だ。ただ、そこはやはり人が関わる以上、どうしても能力差は出てくる。

　多少場数を踏んでいるだけあり、アイルの指揮能力は確実にテスフィアより上だろう。脇を固めるシルシラにオルネウスも相当の猛者に違いなく、他のメンバーも子飼いかつ粒ぞろいの精鋭をぶつけてくるはずだ。一方フェーヴェル家側は、ロキ、セルバが加われず、分家勢のテレシアとローデリヒが中核となるが、両名とも若年で心もとない。基本的に人員的な力量差は全て、アルス一人でカバーする必要があるのだ。

　テスフィアなどは終始緊張した面持ちを浮かべているが、アルスに限ってはその顔に焦りの色はない。

（俺がなんとかすればいい、それだけだ）

　現1位にふさわしい強烈な自負心。そもそも、いくら腕輪状デバイスによる魔法の制限やダメージ置換を絡めた耐久値システムを採用していようと、限界やルールの抜け道は必ず生まれる。だからこそ【テンプラム】の戦力差は絶対でなく、必ず揺らぎがある。たとえば有利、不利を示すデータ上の差が現場の動きで覆ってしまうことなど、外界ではいくらでもあるのだから。

（逆もまた然り、だが）

　アルスといえど、思わぬことで足を引っ張られる可能性は否定できない。まさしく想定外のケースに備え、こうして作戦立案に加わって参謀の真似事などしているわけだが。

アルス達が毎晩こうして顔を突き合わせている中、分家の連中もテレシア、ローデリヒを筆頭に、意欲的に訓練に励んでいるようだ。

なお、テスフィアの弟分的な存在であるルシールは、年齢や実力的に訓練にすら参加できないでいる。ただ、それでも何かしらの力になりたいとの必死の訴えから行き着いた答えが、訓練マネージャーというポジションであった。張りきった彼はきびきびした動きでドリンクや着替え、タオルなどを抱えてフィールド内外を行き来しており、密かに人気が高まっている様子だ。

そんなルシールだが、特にテスフィアを慕っているらしく、彼女の前ではそれこそ花が咲いたようなあどけない笑顔を見せる。

(ま、フィアはあれで、貴族令嬢の肩書がまるで似合わんからな。だからこそアリスとも仲良くなれたんだろうし、とにかく妙な気は遣わなくて済むタイプだ。子供にだって好かれるんだろ)

それは疑いなくテスフィアの美点だ。でなければ、アルスはそもそも彼女を訓練することもなく、こうしてフェーヴェル邸に逗留することもなかっただろう。

それを自覚した時、なんとはなしの気恥ずかしさを感じずにはいられないアルスだったが、それはそれ、と思考を切り替える。

何にせよ備えは順調であり、分家とのいざこざを乗り越えたテスフィアは、また一つ強くなった。

（あとは……〝決定打〟を誰に任せるかが問題だな）

来るべき【テンブラム】に仕込む毒。アルスはそれに最適な人員について様々な思考を巡らしながら、そっと静かに微笑むのであった。

【テンブラム】開始まで、残り一週間余り――。

「闇の貴公子」

かつて三大貴族のうちの双璧として、フェーヴェル家とウームリュイナ家は定期的に交流を持っていた時期がある。それはまだ、テスフィアが九歳ごろの時であった。

当時、軍を退役したフローゼにとって、貴族界での交流を深めることは最優先事項となっていた。尊敬されこそすれ、フローゼが軍にいる間に立てた功績自体は、貴族社会においてそこまで大きな影響力を持たない。結果的に他家とのつながりは薄くなっており、特にフェーヴェル家の地盤を固めるために、歴史ある旧家であるウームリュイナとの交流を重視することは必然だったのだ。だから直系の娘であるテスフィアも、度々フローゼに連れられて、この屋敷に顔を出していた。

当時は三大貴族会議なるものが定期的に開催されており、ヴィザイストはしょっちゅう欠席していたため、代理人が出席するのが常ではあった。

そんなソカレント家を除いても、残り二家の当主が顔を合わせる場は貴重だ。だから次期当主として将来を嘱望されていたテスフィアはもちろん、ウームリュイナ家の長子と次男のアイルもよく出席していたのだ。

　とはいえアイルは所詮は次男であり、長子たるロイドに何かあったときの保険程度の存在。だが、幼いながらもアイルは虎視眈々と〝その機会〟を窺い、常に準備を怠らなかった。いつしかウームリュイナの頂点、貴族界の頂点に立つ日が来ることを、半ば確信してさえいたのだ。

　ずば抜けた天才でこそなかったが、彼には全く別の資質があった。卓越した観察力に加え、優れた心理掌握術。アイルは弁舌巧みに人を操り、常に己の利を確保する立ち回りにとにかく長けていた。まさに、老練な政治家顔負けの政治力である。彼にとって、相手の隠した本心や野心を見抜くのは造作もないことだった。アイルが唯一興味を持てたのは魔法ではなく、人間の思考だったのだ。

　最初は実験的に、メイドの数人と会話をすることから彼の〝勉強〟は始まった。

　使用人の中でも新入りの者を自室に呼んで、たわいもない会話を繰り返した。メイド達は最初こそ緊張の面持ちで、終始〝お坊ちゃん〟に平伏するかのような態度だったが、コツを掴んだ後は、実に拍子抜けするほど簡単に打ち解けることが出来た。

　秘めた想いを引き出し、不満や愚痴を満面の笑みで受け止める。アイルの見た目が幼いこともあり、気を緩めた彼女らがつい敬語を忘れようとも、彼はどこまでも笑顔で受け入れ、受け流した。

まずはどんな言葉が欲しいのか、それを探る。巧みに距離感を詰め、誘導してやればどんなメイドでもついつい口が軽くなる。引き出した欲望や願望を上手に満たし、劣等感を慰め、主従の関係性すら意図的に曖昧にさせていく。それは互いの絶対的な地位の差を忘れさせ、巧妙に懐に入り込むことでもあった。

だから不用意に金目のものに目の色を変える者を排除していった。単調な思考と上辺だけの恭順など、アイルの興味を削ぐ愚行だった。そうして彼は、家中の者達をさっさと捨てるべき塵と使い捨ての駒とに分類していった。

やがて数カ月も過ぎた頃には、メイド達はすっかりアイルとの会話を楽しむようになっていた。とかく多忙な屋敷での労働の中で、彼と過ごす一時が最もリラックスできるのだと皆が口々に言った。それこそ、休憩時間よりも充実した感覚すら持ちえるほどに。

屋敷の使用人室では、もっぱらアイルの話題で持ちきりだった。愛らしく賢く、使用人思いのご子息であると。そして、彼女らの会話の後には、それに比べてお兄様のほうは……という言葉が必ず付いて回るのが常だった。

アイルは幼いころから、この愚兄との間に一切の情を挟んだことがない。実際、兄弟で顔を合わせる機会は屋敷内では限られていたせいもあるが。特に成人するまでは、いたずらにこの兄弟を二人きりにさせないよう、誰もが気を遣っていたのだ。

ロイドは次期当主に内定しているようなものだったが、そのせいか彼は常に傲慢で横暴だった。長子であることを笠に着てのその振る舞いは、貴族家において権力というものが持つ強烈な輝きを伴って、アイルに強い興味を抱かせた。

さぞ、兄が将来座る場所は見晴らしが良いのだろうと。

下等な人間共を駒のように使い捨てることすら可能な高みなのだ。だが、同時にその姿をつぶさに観察していれば、能無しの木偶が権力を握ることの恐ろしさも知ることができた。何も見えていないが故に、かえって自由に容赦なく振るえる力もある。アイルがそれに気付いたのは、どこぞの貴族が不敬を働いたと、兄が父に訴え出た時だった。

結果、父はその相手を直ちに断罪した。

父は適当な罪状をでっちあげると、コネの利く軍と私兵を動かし、瞬く間に家を一つ潰してみせた。それは呼吸をするが如く簡単に、指先一つ動かすだけで済んだ。

全てが兄の思い通りに事が進んだのだ。

三大貴族といえど、実質的に当時のウームリュイナ家より力を持った家は皆無だった。軍とて無視できないほどの権力と財力と戦力。それに物を言わせての問答無用の蹂躙劇は、アイルの心に強烈な印象を残した。同時に、どうしようもない愚者が圧倒的な力を操り得るという世界の歪んだバランスの危うさも。彼はその全てを、消えない教訓として胸に刻み込んだのだった。

そしてしばらく経ち……。

アイルは兄と二人、舞踏会用のホールで互いに距離を取って椅子に掛けていた。間には父が、一際豪奢な椅子にどっしりと腰掛けている。そして三人の向かい側には、屋敷に仕えるメイド達が、ずらりと一糸乱れぬ姿勢で整列していた。

今から執り行われるのは、メイドの選別式である。正確には数いるメイドの中からロイドとアイル、それぞれについて側付きの者が選ばれて、特別な地位に昇格するのだ。なお、ここに並んでいるのは屋敷の雑務を行う雇いメイドではない。主に貴族の身の回りの世話や用事を言付かることが仕事の、側近の資格を有する者達。いわば、鍛え抜かれたメイドの中のメイドばかりである。

アイルの事前の下調べによれば、兄はたった一人の女性を、側付きにと強く望んでいた。

そして、アイルはただ……じっと結果だけを待っていた。

やがて、ホールの中央で父の合図に従い、若いメイド長が張りのある声を上げる。

「それでは、これより若様方の側付き使用人の選考を始めます。なおロイド様とアイル様におかれましては、貴族家の当主としての資質を問われるものともなり得ますので、そのおつもりで」

その言葉に、アイルは誰にも知られぬようにそっとほくそ笑んだ。所詮は二番目である自分がここに呼ばれるなど、なんて優しいのだと。

この儀式は、当主としての器を見るための一種の試験である。そして恐らく自分は、本来ならロイドに緊張感を与えるための当て馬にすぎない。既に次期当主など決まっているようなものだ。そう、たった一つの優位が決定的な決め手。たった一つ、弟たる自分より先に生まれたというだけ。

兄は、自身の地位が揺らがぬことを確信してやまないだろう。いや、その点については父も同じだ。自分が生まれる前から、それは既に決定済みのこと。

ならば、既定路線に凝り固まった浅はかな考えを覆せばいいだけのことだった。

やがて咳払いを一つして、メイド長がおごそかに告げる。

「それでは皆、側付きとして、お世話したい方の方へと向かってください」

メイド長の言葉に一礼したメイド達は、離れて座っているウームリュイナの長男と次男の方へ、それぞれ足を進めていき……。

「なっ！！！」

まず驚愕の声を上げたのは兄だった。誰一人、彼の前には立たなかった。あまつさえ、兄の強く望んでいたメイドすらも、アイルの側に付いている。

そう、ここにいる五十人近いメイドの全てが、アイルの前にずらりと整列していた。もはや兄だけでなく、父でさえも驚きを露わにして、黙り込んでいるばかり……。

主人ではなく、仕える者が選ぶ――この異色の選考法を父に提案したのは、他ならぬ若きメイド長だ。知恵が回り忠実な彼女を、父がことのほか重用していることを、アイルは知り抜いていた。だからこそ彼女を徹底的に褒め、懐柔し、己の形ばかりの悩みを打ち明けて心を傾けさせるという三文芝居まで演じて、その精神を手中に収めたのだ。

ロイドの驚愕を無視して、事前にアイルと意を通じていたメイド長は、彼に対する畏敬の念を含ませた声音で、そっと告げる。

「では、アイル様……この中から、側付きの指名をお願い致します」

「分かっているさ」

あくまで温和な表情で返したアイルは、メイド達の顔を眺め渡して、にこりと破顔し。

「じゃあ、ここにいる全員を僕の側付きに指名する」

「――!!」

「し、しかしアイル様、それでは暇を持て余す者が……」

さすがに予想外だったらしく、動揺するメイド長の言葉を軽く受け流し。

「これでも足らないよ」

アイルは続いて父のほうに向き直ると、朗らかな声で告げた。

「偉大なる我が一族の当主にして賢明な尊父たる、モロテオン・フォン・ウームリュイナ様。次期当主としての資質がはっきりと白日の下に晒された今、あえてのご許可をお願いいたします。この人数を見事に使いこなしてこそ、真の当主たる器ではありませんか？　たとえこの倍の数がいようとも、彼女達が僕に仕えたいと願う限り、誰一人として手持無沙汰などにはしません」

実際、彼女達はアイルのためならば、身を粉にして働いてくれるだろう。すでにアイルは、彼女達にとってかけがえのない存在。この家の中で縋るべき希望となっていた。

次の段階では、できれば彼女らに通念的な善悪・道徳すらも越えた強い服従心を植え付ける。その次は肉体的苦痛を克服させ、最終的には命すら捧げさせる。それができれば、実験の成果としては十分満足がいくだろう。

「いかがでしょう、父上？」

「ふむ、だがな……」

苦り切った顔の父が言葉を濁すと、アイルはちらりと絶句したままの兄を一瞥する。

「異例のことかとは存じます。ただ、ここまで白黒がはっきりついた以上、兄上にお譲りするというのも、かえって不敬というものかと。再考なさるのも結構ですが、ここから何一つとして覆るものはないと思いますよ」

顔面蒼白な兄を尻目に、わざとらしくもったいを付けつつ、アイルは居並ぶメイド達をもう一度眺め渡す。

ここで武器として使うべきは〝数〟の力である。たかがメイドとはいえ、集団によって示された明確な意思表示は、もはや目に見える圧力だ。それは、権勢の絶頂期ながらも確実に老いつつある父に、伝統や格式、決定の妥当性といった諸要素を判断する力を失わせ、既存ルートで固まり切った思考を揺り動かしていく。むぅ、と小さく唸った父に対し、さらに畳みかけるように。

「父上、僕ならウームリュイナ家を……さらに偉大にすることができます」

この不遜とも取れる発言に、モロテオンは厳めしい顔つきで問う。

「いかにして？」

「まずは我が家以外のフェーヴェル、ソカレントの力を削ぎます。三大貴族が並び立つのではなく、ウームリュイナ家こそが常に最上位であるべき。まずはフェーヴェル家、確かあそこには、僕と年齢が近しい娘がおりましたね」

「――!!　取り込むつもりか」

「ええ、そうなれば我が家の勢力は伸び、後はソカレントを抑え込むのみで済みます。無論あの家を途絶えさせるつもりはありません。子供を二人ももうければ、存続は可能でしょう。三大貴族のうち二家が強い繋がりを持てば、元首といえども容易く手出しはできません」

当主たるモロテオンは口を閉ざした。思案ではなく驚愕しているのだ。自分の息子とはいえまだ少年といえる年、それが己が密かに画策していたのと同じことを考えていたのだ。頼もしくありながら、微かな恐れに似た心さえも湧き起こってくる。

しかし、アイルにはそれこそどうでも良いことだった――将来も家族ごっこも演じるつもりではあるが、父はいずれ必ず先に老いる。盤上において、彼の持ち時間には限りがあるのだ。

「よかろう、お前のしたいようにしろ」

それだけ発するとモロテオンは立ち上がり、つかつかとホールを後にする。続いて惨めな嘆願の声を上げつつ、兄・ロイドも父の背中に追い縋るようにして姿を消した。

残されたアイルは、とっくに彼に服従を誓っていたメイド長から分厚いファイルを受け取り、満足げにパラパラとめくって眺める。

フェーヴェル家の息女、テスフィアと件の家に関する様々な情報。同じ年ごろの娘の〝攻略〟は初めてだったが、どうすれば良いのかのイメージと、具体的な算段だけは、とっくについていた。

その後、アイルは隙を見てはテスフィアと二人きりの時間を作るようにした。一定の関係性を結ぶと、次は会う時と別れる時には必ず手を額に当てた。彼女からは、彼の首から下しか見えないように。その術は、書庫で見つけた怪しげな古書から学んだ魔力暗示法の一種であったが、その効果は覿面だった。

後は時間をかけて深層心理に働きかける。彼女の内側に、支配のための種を蒔いた。それだけでテスフィアはアイルを前にして抗えない。

全ては予定通りに進んだが、逆に緊張感や達成感は少なく、アイルはさして面白さを感じなかった。

出会って半年もたたずに言いなりも同然の状態になった彼女は、ウームリュイナからの打診もあり婚約の書類に直筆のサインと拇印を押す。一切の疑問を介さず婚約が成立した。

しかし、光を失ったはずのテスフィアの眼は、それから三カ月ほど経った時には、別の色を帯びていた。

彼女が誰かと接触して影響を受けた、それは疑いなかった。神ならぬ身のアイルは、それが後の親友たるアリス——蜂蜜色の髪の、おっとりとして優しい内気な少女——との出会いによるものだ、とまでは分からなかったが……。

そして目に光を取り戻したテスフィアは、アイルに婚約の破棄を申し出た。まさか娘の異常に気づいてはいないだろうが、前まではこの婚姻に乗り気だったフローゼまでもが、この娘の意志について、直接的な後押しをしてきたのだ。

さすがのアイルもこれには驚いたものだ。完全に操り人形へと堕としたつもりだったが、自我の成長こそは、支配の糸を断ち切る力になり得るのだ、と悟った。

（ふぅん、今のところは退いておくか。でも、深層心理の奥底に食い込んだ支配の棘はずっと消えない。それはただ、君の中で眠り続けるだけだよ、フィア……）

一先ず、あきらめた振りをしてテスフィアを解放した。だが、アイルはそれはそれで嬉しくもあったのだ。全てが上手くいき過ぎたのでは面白みに欠ける。そう、数か月前の兄のように容易く心が折れてしまうと、費やした労力に対する精神的報酬としては引き合わない。

何より、この時すでにいくつかの条件を、アイルはテスフィアの無意識下に刻んでいる。成長に伴い多少は思考も変化するように見えるだろうが、それでも幼少期に食い込ませた心理的掌握の根は、再想起させることで決定的な支配のトリガーとなる。

今はそれで十分だ。本番は数年後……。

アイルがいよいよもって当主の座に近くなった時にこそ、役に立つだろうと。


およそ人の情などというものは解さないアイルだったが、ただ一つだけ他人を評価する基準を持っていた。

それは力だ。

力ある者は染まり難い。それを手に入れるためには今までのように意識に介入したのでは難しい。この場合、最も効率的なのは共感だ。

まずアイルは戦闘用の専属メイド、シルシラをあえて特別に側付きに選んだ。彼女は元々警護要員を兼ねており、外見的には執事のようにも見えなくもないが、それは彼女が戦闘者としての責務に、己の性別を差し挟まないための覚悟の証である。

彼女の出自たるシクオレン家は、代々ウームリュイナ家に仕えてきた武門の家だ。純粋なシルシラは狡猾な悪意には鈍感だったため、アイルは聖人君子を演じ続けることで、たやすく彼女を取り込むことができたのだ。まもなく彼女は、アイルを命を賭してでも守る価値がある主君として認めるようになった。

案の定、シルシラは護衛として誰よりも忠実だった。そして普段は寡黙な彼女が、アイルの前では人が変わったように口達者になる。そんなところもまた、アイルのお気に入りたる所以となったのである。

四年後、アイルはさらに側付きを増やした。今度は外部から一人を雇い入れたのだ。彼にはシルシラとは全く別の役割があった。本当の意味で、アイルには理解者が必要だったのだ。世界全てを欺き操るという、人倫的にも道徳的にも〝普通〟を踏み越えた狂気の道、それを共に征ける者が。

それが当時世間を賑わせていた魔法師狩り……【狩人】と呼ばれた凶悪犯罪者だ。

アイルは家の私兵を使い、巧みに包囲網を狭め彼と接触を図った。シルシラが必死に止めるのも聞かず、一対一の常軌を逸した状況で、彼は初めて胸の内を曝け出した。

「退屈ならば刺激を与えよう」と、国盗りの計画を掲げて見せた。

アイルは元々、そのつもりだったのだ。元は王族でありながら、大貴族とはいえ元首の犬という下賤な格付けに甘んじている父を、既に見切ってもいた。

それでも仮にも大貴族の子息が、殺人すらも何とも思わぬ輩と無手無防備で相対するというのは、正気の沙汰ではない。彼がアイルの軍門に下ったのは、その目に同じ狂気の色を見たからか、単なる気まぐれだったのか。

どちらにしても返事は即答だった。

軍に追われ、シルシラを含むアイルの私兵に取り囲まれた今、彼もそろそろ潮時だと感じていたのだろう。魔法師を狩るのは強さを証明するためでも、私怨からでもなく、ただ死闘を繰り広げてみたかったゆえ、とその男は語った。そしてまだ、究極の戦いが実現できていないとも。

アイルは彼に関する全ての情報を抹消させ、新たに従者として召し抱えた――その者の名はオルネウス。

彼ならば、そして彼だけが、アイルの思想に共感してくれる真の意味での〝強者〟だと確信していたからだ。

そして、アイルはついに奪われたものを奪い返すことを企てた。アルファはウームリュイナの下、運営されていかなければならない。そここそが、何処よりも高い場所だ。

現在元首の地位に就いているのは、アールゼイト家の一族だ。元は同じ王族の血から分かれたというのに、今はこの差……あちらはアルファの政治面を取り仕切る一国の主人、こちらは豪奢な首輪こそ付くが所詮は犬。

そしてアールゼイト家には、シセルニアという名の絶世美を誇る娘がいた。彼女を娶る選択肢がなかったわけではない。しかし、アイルは彼女こそを、最も嫌っていた。何しろ初対面で全てを見透かされたのだ。

初めての歓談の席上、彼女は美神と称される容貌で冷たく笑って、お前程度の空虚な胸の内を満たすものは、アールゼイトが占める元首の椅子の上にはないとまで言い放った。

そして、上辺を取り繕うどんな言葉も、彼女には全て見透かされる。

全ては力の差だ。地位の差だ。シセルニアはこの国で、最も高い場所にいる一族の娘なのだから……そう思いたかった。だが。

シセルニアだけは、この女の思考だけは読めない。そのことは驚愕と同時に、吐き気を催すような不快感を伴った。

だからアイルはシセルニアがついに元首の座に就いたと知った時、歓喜したほどだ。

常に上から見下ろしてくるあの女を、引き摺り下ろすことができる。まさに好敵手として、人生の目標に掲げるにふさわしい相手だ。

彼女が言うように、元首という座には恒久的な価値などないのかもしれない、それでも彼女に勝ってみたいと思わせてくれた。

アイルに魔法師としての才能があれば、軍に入っても良かったのだろう、たった一つの愉悦が、人々を率いて世界平和に邁進することでも良かったのだろう。しかし、そのどれも彼の食指を動かすことはなかった。だから結局、陰謀渦巻く貴族界はアイルのあるべき場所であったのかもしれない。

理由などどうでも良い。やることが一つあればそれだけで退屈な日々に別れを告げられる。頭の出来を絶対の差と勘違い(かんちが)した女を懲(こ)らしめるのもその一つだ。彼女に手が届くまで様々な問題は山積みとなっていたが、それはアイルにとって最高のご褒美(ほうび)でもあった。

そしてまた、フェーヴェル家を取り込むことは同時にフローゼ・フェーヴェルを取り込むことでもある。

偽計(ぎけい)で毒を呑(の)ませるには、シセルニアは強(したた)か過ぎる。【アフェルカ】の実質的トップであったレイリーを煽(あお)って襲(おそ)わせるプランは失敗したが、これは宣戦布告だ。ゆくゆくは万難(ばんなん)を排(はい)して表舞台(おもてぶたい)から退場してもらわねばなるまい。

それまでにもっとウームリユイナを強く、大きくしなければならない。テスフィアとの婚姻とフェーヴェルの支配など所詮は通過点、アルス・レーギンさえ手に入れば、いや、排除できればさらに己は高みに登ることができるだろう。軍を掌握する道筋も描(えが)いてきた。

(僕の手元に置くことができれば一番いいんだけどね。シングル最強の1位だろうと何だろうと、軍の首輪を外してあげるだけでもいい。彼の手綱(たづな)はシセルニアが握ってるも同然だからね)

支配対象の精神が人の心の形をしている限り、アイルには絶対の自信があった。あらゆる手練手管に加え、今の自分にはブラックマーケットが出どころの、市販より遥かに強い精神系薬剤さえ手に入るのだ。

アイルは着実に準備を整え、それが天に届くことがないと知ってもなお、狂気の縁に足を掛ける。

狂宴は、最後まで踊り抜いてこそ意味があるのだから。

◇　◇　◇

歴史と伝統にかしずかれ、これ以上はないというほど贅を凝らした屋敷の中。自室の窓際で、アイル・フォン・ウームリュイナはじっと佇んでいた。

「どうされましたか、アイル様」

後ろから涼やかな声がするのに、振り返って。

「シルシラか。いや、少し昔のことを思い出してね」

「左様で。ただ、少しお顔の色がご不興げでいらっしゃいますが」

「退屈だからね、【テンプラム】が始まるまでは……いや、確かに面白くないと言ったほうが正直かな」

それもこれも出来の悪い兄・ロイドのせいである。

「僕の力で心を折って、次期当主候補を交代させたのは当然のことだと思っていたけど……それでも予想外だ。まったく見上げた無能さだよ」

最側近といえるシルシラすら、数年ぶりに見るアイルの苛立ちの色。

やや乱暴に椅子に身を沈めたアイルの横で、冷めてしまったテーブルのお茶を下げるシルシラ。表情こそ表に出さないが、彼女はいつものように話し相手として、相槌を返す。

「申し訳ありません。私達が力を削いでいたため、ロイド様はもはや何もできぬと決めつけておりました。まさかあのような蛮行をしでかすとは……。我がシクオレン家は、ロイド様の護衛の座を辞退することとなりました」

「そうだろうね。退屈な隠居生活の上、酒にでも酔っていたのだろうが、まったく馬鹿をやらかしたものだ」

シルシラの実家であり、代々主家に忠実に仕えてきたシクオレン家。そこから派遣された女護衛者をロイドは軟禁し、口に出すのも憚られるような行いをした。幸い、護衛者が子を宿さなかったことで、最悪の事態は避けられたが。

シルシラが注ぎ直した新たな紅茶を口にすれば、その甘さに頭の熱が、そっと冷えていくのを感じた。

「さっさと殺しておけば良かった。僕の方でもシクオレン家に公式な謝罪文をしたためるよ」

ただ彼を罰するのは、未だ当主としてぎりぎり泳がせている父の役目だ。ロイドに甘すぎる罰を与えて済ませるくらいなら、いっそ次期当主であるアイルが秘密裏にロイドを排したとしても誰も咎めはしないだろう。

窓から晴々しい景色に向けてアイルは本気でそう思った。

「アイル様でも、予期できないことはありますから」

「あぁ、本当にね。考える頭のないクズでも、それなりに鬱憤が溜まっていたのかな。火消しするにも父だけでなく、ヨーゼフお祖父様も早々と元老院長のフーリバ・スーラーに目をつけられてしまっているみたいだし。ハァ〜、この辺りはさすがシセルニア、打つ手が早いな。元首が相手じゃ、薬物の闇市場でカネを作って黙らせることもできやしない」

それは、多岐に渡るウームリュイナ家の秘密の資金源の一つだ。違法な魔力促進剤【ケミカルブースト】などは、特に最近、よく売れてくれている稼ぎ頭である。

「それはともかく、最近噂されている例の【アンブロージア】……あの原料は、やっぱりうちから出ているのかな？　【ケミカルブースト】の成分のいくつかが流用されてるみたいだけど」

「そのようです。至急調査し、いくつかの農場を封鎖しましたが手遅れなようでして」

「シセルニアの手のものは、こういうことには鼻が利くんだよ。元老院トップのフーリバに命じてヨーゼフお祖父様を真っ先に押さえに行ったのもあの女だな。とはいえ元老議員のキャリア数十年の古株だ、すぐに更迭はされないだろうけど、当分はお祖父様に付いた監視は外れないね」

違法薬物【アンブロージア】をめぐる騒動と、同時期に内地に現れた脱獄囚達。誰かが手引きしたのは間違いないが、そこに関してはこともあろうに兄ロイドが所有しているウームリュイナの別宅から、火の手が上がった。

そこに脱獄囚らが一時滞在していた形跡が見つかったのだ。繋ぎ役を果たしたっぽい貴族崩れは失踪（恐らく凶悪な脱獄囚らに始末されたのだろう）、ロイドの執事もそれに関与していたため、当然ウームリュイナ全体に疑いの目が向けられてくる。

しかも学院で暴れた脱獄囚達が〝変異〟したのは【アンブロージア】の作用によるものらしい。これで【アンブロージア】、脱獄囚、ウームリュイナの三者を結ぶ糸が綺麗に繋がってしまった形になる。

「まさか堂々と悪党どもにウームリュイナ家の別荘を貸してやるなんてさ。子供でも分かることだろうに、あれほどの馬鹿をやらかすとは思わなかった」

「はい。ロイド様は薬物を常習的に使用されていたようですから」

アイルからは、もはや溜め息すら聞こえてこなかった。

「せめてもの慰めは【テンプラム】開催の約定が、まだ生きてることくらいかな」

そう呟くアイル。だが、どうやってこの苦境を脱し、形勢を逆転させるつもりなのか。きっと何か秘策があるのだろうが、シルシラはその貴公子然とした涼しい表情の裏にあるものを読めなかった。いや、この奇妙な少年の護衛になってから、一度も彼の心の底までを理解できたことはないが。

「はい……しかし、この話をアイル様にお伝えすべきかは、正直悩みました」

シルシラは俯き加減に内面の迷いを吐露する。

「もしかするとロイド様ではなく、アイル様が脱獄囚を動かしているのではないかと思いましたので」

「さすが、僕の護衛は見る目が違うね」

アイルは目を細めた。確かに、最初に彼ら……いや、正確には彼らと裏世界を通じて接点がある〝仲介者〟と接触したのはアイルだ。

「でしたら、私にも共有くだされば良いものを」

するとアイルは小さく微笑して。

「僕は彼らを直接動かしてなどいないよ。とある組織を通じて、少しだけ話を聞いてやっただけさ。可能なら巧く利用してやろうと思ったが、やっぱり胡散臭い奴でね」

そう、「使えそうな手札がある」と、脱獄囚達の一件をアイルに伝えてきたクラマの手の者は、最後まで顔や正体を明かすことはなかった。アイルが良い顔をしなかったので、今度は忠義面したあの愚兄の執事を通じて、ロイドへと話が持ち込まれたに違いない。次期当主の座を追われ、長子としての権限も力も伝手も失っていた彼は、一も二もなくその劇薬に飛びついたのだ。その果てが、あの体たらく……。

「まったく、飼い主の手を噛みかねない奴らだと思ったから反故にした話だったのに、オチだけ見れば、見事に後足で砂を掛けられてるわけだ」

「薬を入手するにも都合が良かったのでしょう。ただ、彼らは檻から放たれた猛獣も同様の危険な存在です。迂闊に接触なされないよう繰り返し申し上げましたのに、一体いつお会いになられ……あっ」

思い当たる節があったのだろう。そう、少し前、シルシラに不意の用事が言いつけられ、彼女が丸一日、屋敷を外したことがあった。

「大丈夫だよ、ちゃんとオルネウスに護衛してもらったから」

シルシラは眉を寄せて、抗議するかのように。

「また、オルネウスですか……何故、あそこまで重用されるのです？」

「そりゃ、彼がいれば話がスムーズに進むからね。しかし本当にシルシラは潔癖症だよね。彼らは言うならば煤拭き用の黒雑巾のようなものさ、使えるだけ使って、汚れが限界まで酷くなったら捨てればいい」

「いいえ、胡散臭いばかりか、ろくに礼儀も弁えない、ならず者ですからね」

「よく言うよ、彼が礼儀正しくても同じことだろ。捨てる時に足を掴まれかねないのは確かだけどね。いやー世界は広い、あんなのがまだアルファにいるんだから」

「アイル様に限って欺かれることはないのでしょうけど。とにかくあの手合いにはお気を付けください。そもそも最初に会ったメクフィスという男からして、どうにも私は我慢できなかったのです」

言いながら、シルシラが顔を顰める。そこについては、アイルとしても分からなくもない。今回こそ別の人間だったが、以前に裏世界との仲介者として現れたメクフィスは、とにかく異様な人物だった。魔法の資質がないアイルの背筋すら、ぞくっとさせるような独特の雰囲気を身にまとっていた。

この世に悪がなくならないのは、きっと彼のようなモノが存在するからだろう。観察力に優れたアイルだからこそ分かる、怪物の気配。多分、彼の行動原理は人倫や善悪といったものをとっくに踏み越えている。いっそ、この世界で培われたものではないような気さえした。

実際、シルシラの言葉を無視したわけではなく、そういったクラマの手の者に警戒心を抱いていたからこそ、アイルも深入りを避けたのだったが。

「クラマは後回しになるけど、とにかくもう、あの阿呆だけは放置できないね。父がこれでもなお、あのクズに温情をかけるようなら」

冷たい声音の裏にある強い意志に、シルシラの首筋がぞわりとした。

ロイドを完全に廃嫡しきれなかった現当主・モロテオンの甘さ。正しくはアイルの魔手から遠ざけようと試みていたのだろうが、結局その手心は仇となった。

「モロテオン様は、ロイド様に対してお優しいので。けれど、祖父のヨーゼフ様は、アイル様を可愛がっておられます」

「ま、事が起きる前に当のウームリュイナが二つに割れちゃ、つまらないからね。もうしばらくは、優秀な孝行息子でいてやるさ。世間はウームリュイナが追い込まれたと見ているだろうけど、僕は今回の【テンブラム】だって、悠々とやりおおせてみせる。まったく楽しみだなぁ」

無邪気(むじゃき)に微笑(ほほえ)むアイルを前にシルシラは一抹(いちまつ)の不安を隠(かく)せない。アイルが何も策を講じていないわけはないが、自分は何一つ知らされていないのだ。加えて相手はフェーヴェル家、さらに後ろには、あのアルス・レーギンが控(ひか)えているのだから。

そんなシルシラの心配げな顔をよそに、アイルは。

「さて、そろそろ動こうか。状況だけはきっちり把握(はあく)しておかないとね。ちょっと気になる奴がいるんだよ」

「え？　ロイド様なら、もはや監視の網(あみ)は万全(ばんぜん)に……」

アイルはゆっくりと首を振り、ただ一言。

「モルウェールドだよ」

吐き捨てるように言う。

「閣下が？　どういうことです？」

戸惑(とまど)ったように言うシルシラ。軍の実力者であるモルウェールドは確かにこの家と懇意(こんい)にしているし、テスフィア・フェーヴェルとの因縁(いんねん)めいた婚約(こんやく)証書にも名を連ねている人物だが……。

「さっき、面白い報告が来てね。僕の【テンブラム】にまで介入してきた」

アイルは机の上から一枚の手紙を取り、シルシラに無造作に手渡した。

「これは……もう一人の審判員の推薦状ですか。確かに、今回の主審を務めるフリュスエヴァン家は、最近フェーヴェル寄りだと揶揄されていますが」

訝しげにその内容を読み進め、シルシラはあっと驚いたように。

「閣下が推挙されたこの人物は！　まさか、エインヘミル教の……!?」

「くくっ、神頼みとはモルウェールド閣下も落ちたもんだ。確かに旧貴族派の筆頭だしそれなりの武力も抱えてる、ベリック総督への対抗馬として利用価値があったんだけど……。でもまあ、せっかくの閣下のご提案だ、無下にはしないよ」

能力は低いが自尊心は高く、ベリックやヴィザイストを政敵と見做し、ことあるごとに張り合っている男。そんなモルウェールドが、ここで予想のつかない行動に出ている。

「そろそろ、閣下の手綱を離す時が来たのかもね。それで暴走するなら向こうの勝手だし、ご昵懇の仲の父はともかく、僕があれの飼い主だと思われたら心外だ」

モロテオンは軍閥のトップであるモルウェールドとは、互いに持ちつ持たれつの付き合いだったが、アイルは違う。

（プライドばかりが高くて無知無能。父はともかく、僕の時代には不要な駒だ。ただし二審判員制のアイデアは確かに公平ではあるね。害にならないなら、最後に閣下に花を持た

せてあげようか）

アイルは内心で呟くと、無言でそんな主を見つめるシルシラを他所に、楽しげに思考を巡らせはじめた。

【テンプラム】開始まで、まだ時間はある、それまでせいぜい、たっぷりと策を練る魅惑の時に耽ることにしよう。そんな風に、ウームリュイナの寵児は決めたのだった。

「密談と蜜月（みつげつ）」

貴族街にある一等地、広大な敷地（しきち）を持て余すように建つ豪邸（ごうてい）。夜の帳（とばり）はとうに落ち、白い人工の月が、木立の間に銀光を投げかけている。

そんな屋敷（やしき）の裏手にある私室で、モルウェールドはいそいそと服を着替（きが）えつつ、内心の鬱憤を吐き出した。例によって地下室でノワールを散々痛めつけ終えたところだが、未だ胸の内は晴れ切らない。

（ちっ……よもや最強の私兵たる【クルーエルサイス】が、あの老いた鼠（ヴィザイスト）一匹を仕損じるとは。わざわざあっちから屋敷に入り込んできてくれたというのに、なんたるザマだ）

顔をしかめたモルウェールドはぶつぶつ言いながら、金糸の入ったハンカチで手に付いた血を拭（ぬぐ）った。

直後、彼の表情が変わる。まるで軽い運動の後の汗（あせ）を拭（ふ）いた、とでもいうように顔色が普段通りに戻っていた。

内面はどうあれ、表向きには気分を切り替（か）える必要があったのだ。次に訪（おとず）れるべき応接室には、大事な客が待っている。

　やがてモルウェールドは手ずから厚い木製のドアを開け、にこやかな顔で中にいた人物に声をかける。

「おぉ～、これはこれは、お待たせしてしまい、大変失礼した」

　中で慇懃に一礼したのは、白布と金糸の法衣に身を包んだ初老の男であった。服と同じく白一色に染まった髪と髭、品のある面立ち。その界隈では、知らぬ者がいないほどの有名人だ。

「まさかシルベット大主教様が、自らお越しになられるとは……失礼ですが、お一人で？」

　どこまでも丁重な態度を見せるモルウェールドに、大主教はにこりと微笑んで。

「ええ、時間が時間だけに、信徒の者を付き合わせるのは忍びないと思いましてな。それより、ご迷惑ではなかったですかな？　こんな遅くに」

「滅相もない。大主教様自らお越しになっていただけただけでも光栄に存じます。当家としては、十分におもてなしできないのが惜しいばかりで……はっはっは」

　思わず高笑いが溢れるほどの主の上機嫌ぶりに、シルベットは「それは良かった」と笑みを濃くした。

　だが、ここから先はあくまでも秘密の会談。モルウェールドは付き従っていた使用人に耳打ちすると、すぐに下がらせた。

そんな様子を見つつ、大主教はまず袈裟を裏返して畳むと、壁の傍に立つ衣装掛けをわざわざずらし、その横木に引っかける。月光の差し込む窓を覆うかのようなその行動は、これから行われるはずの後ろ暗い密談から、敬愛すべき神の目を遠ざけるためのようにも思えた。続いて彼がそっと来客用の椅子に腰かけると、首にかけた金のメダルだけが神々しく輝いて揺れる。

「さて……私もこう見えて忙しい身でしてな。手短に用件を済ませてしまいましょう」

そう切り出されて、机を挟み向かい側の椅子に掛けたモルウェールドも、軽く頷き返す。

エインヘミル教は最近、国内外に信者を抱え込みつつある宗教勢力だ。本来なら、その大主教たる彼を大いに歓待したいところだが、今回の依頼内容を考えれば、とても派手な動きはできない。

「事前にお頼みさせていただいた件、具体的にはウームリュイナ家とフェーヴェル家で行われる【テンブラム】の主審を、とのお願いに関してですが……」

モルウェールドはここでおもむろに、事前に用意していた鞄をテーブルに載せた。ぎっしりと金貨が詰まったその中身を丁寧に確かめると、大主教はニコニコとした笑みを浮かべ。

「ええ、もちろんですとも。その節にはモルウェールド殿には随分とお世話になりましたので……私からも是非にと思ったからこそ、こうして足を運んだ次第です」

エインヘミル教団がアルファ国内で開教した折、一役買ったのはモルウェールドだった。もちろん彼自身が敬虔な信徒であったわけではないが、教団が差し出す政治献金には大いに魅力があったのだ。また、表立って配下の軍を動かすわけにはいかない種類のトラブルが生まれれば、借し出された信者による〝火消し〟が役立ちもした。

その後、モルウェールドと癒着を深めた教団は、順調に信徒を増やし多額の献金を集めて、ついには大聖堂をアルファに置くことすらも叶ったのだ。

彼らが教理に掲げるのは、魔物に包囲されたこの狭い世界に絶望せず、迷わずに歩んでいける道である。

半世紀前に起こった大災害である【クロノス襲来】以来、魔法科学が隆盛する一方で、人々の恐怖や魂の苦しみと呼応するかのように、新興宗教の数は増えていった。

特にエインヘミル教は魔物を直接の脅威とは捉えず、死すべき人間に対する運命の使者とでもいうような、独特の見立てをしていることに特徴がある。魔物の脅威を前提とした上で、この仄暗い世界で人はどう生き、どう死ぬべきか……そんなことを主に説いているのである。

その教理が世相に合ったこととモルウェールドによる力添えも功を奏して、今や教下には退役軍人も多く、貴族の中にも信仰する者が増えてきているくらいだ。

「閣下のお心遣いにより、ここアルファにもいくつかの児童養護施設を建てられました。魔物によって親を亡くし、貧困に苦しむ子供達を救済することができております。まさにあなたこそが、この国に我が教えを導いてくださった第一の光」

恭しく大主教に持ち上げられたモルウェールドは、僅かに動揺こそすれ、それを固辞することはしなかった。

「いえいえ、もったいないお言葉ですよ。私も身寄りのない子を引き取った経験がありまして……それを踏まえ、そうした不遇な子供らを救済する一助になれば、と思ったまでのことです」

まさにノワールこそがその子供である。そもそも【クルーエルサイス】そのものが、そういった身寄りのない者達を集め、鍛え上げて作られた組織なのだ。

ここでふと、シルベット大主教の顔色が曇ったかと思うと、彼は心配げに。

「しかし、まだエインヘミル教はアルファ国内に完全に受け入れられたとは思いません。【テンブラム】は古くから続く貴族のしきたり……たとえ審判としてでも、我らがその場に介在することを快く思わない者も多いのでは？」

「その心配はございません。何しろ私の推薦ですし！　それに大主教もご存じの通り、【テンブラム】にはそもそも神聖な決闘という意味合いがある。当然、古来は神職者が立ち会って、執り行われてきたものなのですから」

息巻くモルウェールドに、大主教は頷いて。

「確かに、我がエインヘミル教の源流は、古来よりの教えの中にありますからな。ただ、現代ではそうしたしきたりも廃れて久しい……そこが少し気になりましてな」

ここで、我が意を得たりとばかり、モルウェールドは一気に捲し立てた。

「だからこそ、この大舞台を司ることが、エインヘミル教をさらに飛躍させ、権威を伸ばす機会になりましょう。それに私を通じて、あのウームリュイナ家ともより接近できる、悪い話ではありますまい？」

「なるほど、確かに。閣下のお心遣い痛み入ります。私たちは貴族間の問題に介入できませんが、これもまた天のお導きなのでしょう。ただ、現在ウームリュイナ家に大きな影響を持つのは、次男のアイル殿とお聞きした。あの御仁は、宗教一般や世を救う道といったことにはさほど熱心でないとお見受けします。閣下のお力になれると良いのですが」

「確かに、アイル殿には若さ故に、まだいささか危ういところもある。だからこそ特別に、こうしてあなたにお力添えをお願いした次第です。とはいえ、あれで本質的に利に聡い方でもありますので、私の後押しさえあれば間違いありません。お力をお借りできるのであれば、これほど安心できることはありませんよ、ハッハハ！」

やや芝居じみた様子で大笑した後、モルフェールドはふと真剣な面持ちになり。

「……ところで、この機に、大主教にもう一つお願いがございまして。大主教様、異端者の処罰に、エインヘミル教のお力を借りられませんでしょうか」

机の上に両手を組んでの言葉に、ピクリとシルベットの目尻が反応する。だがあくまでも穏やかな表情はそのままに、彼は「お話を聞きましょう」と皺深い掌を開いた。

万難を排するつもりで大主教を審判に押し込んだモルウェールドだが、彼は狡猾にして慎重な男だ。万が一、それでも【テンブラム】でアイルが敗れるようなことがあれば、自分の身がいよいよもって危ないのだから。ならばもう一つ、手を打っておきたい。

そう、最悪の場合、なりふり構わず敵の力を削ぎにいく。そう考えた時、最優先で対処すべき障害がある。その少年の名は、政敵たるベリックの切り札でもあるアルス・レーギンだ。

先の失敗が非常に悔やまれるが、もはや直接ヴィザイストを討つ機会は当分訪れないだろうからこそ、せめてアルスを排除しておきたい。長い目で見れば、ベリック子飼いのアルスさえ始末できれば軍の完全掌握も時間の問題だ、とモルウェールドは考えていた。

それからしばらく後。

小一時間ほどの密談の終わり際、改めて椅子に深々と座り直したモルウェールドは、実に満足げに言う。

「大主教、全てが首尾よく終わったならば、これからも必ずあなたと教団を支援させていただきましょう。加えて私の権限が今より増せば、正式にエインヘミル教に外界調査権を与えることもお約束します。それとこれは、大主教様もご興味がおありのものかと」

もったいを付けつつ、彼は用意していた小さな箱を取り出し、テーブルに載せた。

「ふむ……？」

「それは、昨日アルファを騒がせた脱獄囚の一人が所持していたものです。賊はついには押し入った学院内にてこれを服用し、凄まじい力を発揮したとか」

それは、わざわざ彼が事件直後の第2魔法学院まで出向いて、運良く回収してきたものだ。大主教は意味深に頷くと、その箱を手に取り確認がてら。

「拝借します。おや、確かに強い不浄の気を感じますね。人間の魂を汚すこのようなものは、決して無辜なる善良な人々の目に触れてはならないはず。あまつさえ身体に取り込むなどとは……まったく嘆かわしい」

そんな言葉とともに中から取り出されたのは、件の秘薬【アンブロージア】だった。だが、それが箱に戻された時には、シルベット大主教の顔はすっかり普段の柔和なものへと戻っていた。

「こちらをエインヘミル教で預かっていただけますかな。あなた達が求める【神器】かどうかは知りませんが、少なくとも何かの手がかりになるのでは、と思いまして」

モルウェールドは平静な顔で言う。エインヘミル教は彼らが言うところの唯一神とその眷属達を崇めているが、中でもその奇跡と栄光を示すものとして神聖視する事物があった。それこそが神が与えた【神器】であり、教団はそれを捜索・保管する義務を負っている、というのが彼らの主張でもあるのだ。

「ふむ、宜しいでしょう。そもそもあのミネルヴァも、本来なら人の手にあってはならないもの。噂ですがそれが表に出た故に、今回アルファに大きな災厄を招き寄せたという話ですからな。そして〝これ〟についても教団を挙げて、できる限りのことはさせて頂きます」

その後、使用人に送らせるというモルウェールドの申し出を固辞し、シルベッド大主教は輝く袈裟を肩にかけ、夜道を一人、歩いていく。

やがて、まるで夜に溶け込むように消えていくその姿……人類の生存圏を照らす偽物の月さえも、彼の背中を最後まで照らし出すことはなかった。

◇

モルウェールドの屋敷での出来事から二週間ほどが過ぎた夜。

あの時、密談の間を照らしていたのと同じ人工の月が、今は広大なフェーヴェル邸に淡い白銀色のヴェールを投げかけていた。

窓から差し込む光の中、アルスは一人、屋敷内に用意された自室で豪勢な椅子に掛け、古書のページをめくっていた。

宝珠に仕込む守護者の選定は既に済ませてある。最後の詰めを終えた以上、あとは特段やることもない夜だった。いよいよ【テンプラム】を明日に控え、この屋敷には予想外にゆったりとした時間が流れている。

本戦に選ばれた参加者達は皆、訓練に明け暮れる日々を過ごしていたが、そのぶん、夜は落ち着いた時間を過ごしていたからだ。全てはその一日一日ごと、やるべきことはやった、という充足感からであろう。晩餐の食事も上等なもので、手厚いもてなしは気分をリラックスさせるには十分だった。

　大人達はもちろん、テレシアやローデリヒら分家の子女達の態度からも、以前のひりついた雰囲気はすっかり消えている。良くも悪くもテスフィアとテレシアの一件が様々なものを解決したのだろう。ただ、年少のルシールだけは、どうにもそわそわと落ち着かない様子だったが。そんな彼に対してテレシアが、貴族たるものの心構えについてこんこんと諭す、という風景もたびたび見られた。そんな時、テレシアの態度はほとんど生真面目な姉のようであり、本来の彼女の姿はこうなのだろう、と思わせるには十分なものだった。

　そんな空気の中。アルスはページを繰る手をふと止め、小さなあくびを一つする。

　そろそろ眠ったほうがいいのだろうが、慣れない豪華な部屋のせいか、妙に落ち着かないのも事実だ。いつもなら、ロキが話し相手にでもなってくれるのだろうが……。

（いや、やめておこう）

　なんだかんだで訓練や情報収集に付き合ってくれている彼女にこれ以上負担をかけるのも悪いだろう、とアルスは思いとどまった。

　それにしても、いざ寝ようとする時に限って、紅茶が飲みたくなるのはどうしてだろうか。

　時間は日を跨ぐ少し前といったところだ。

せめてメイドに紅茶か珈琲でももらおうかと考え、アルスは廊下に通じるドアを開ける。いくら夜更けとはいえ、お客のもてなしに総力を傾けているこの家のメイド達のことだ、顔を出せば廊下に誰かはいるはずだった。

ふと廊下の端、どこか外にでも通じているらしい扉の傍で、佇んでいる影に気づく。

シルクのガウンっぽい装いの下に、ネグリジェのような薄布を覗かせた夜着の少女。

いかにも貴族令嬢めいた美しい横顔と、そこに落ちる憂いの影。それらは窓から漏れる玄妙な月明かりともあいまって、その一角だけが切り取られた絵画でもあるかのように、不思議な陰影を形作っている。アルスは不審げにそっと目を細めた。

「……！　え、っと、こんばんは？」

次の瞬間、どうにもぎこちない作り笑いめいた笑顔が向けられ、綺麗に全てが台無しになる。

「フィアか、何してんだ？」

呆れたような溜め息とともに、赤毛の少女に対し仏頂面で言葉を投げ掛けると、えへへ、とでもいうような照れ笑いが返ってくる。

「えっと、ちょっとね、なんだか寝付けなくて。で、アルの部屋の前を通りかかったら、その、偶然ね」

言葉通りに取るにしては、まるで待っていたかのようなタイミング。訝しむような目を向けたアルスに、彼女は少々居心地悪そうに姿勢を正した。

「まあその、ちょっとバルコニーまで、涼みに行こうと思っただけよ」

「そうか、ならさっさと済ませて寝ろ。明日の本番に、大将が寝不足で出るつもりか？」

「分かってるわよ。ていうか何よエラそうに、ここ私ん家なんだけど」

不満げに頬を膨らませるテスフィアだが、そんないつもの態度も、今日は少しばかりしおらしげに見える。

「いいでしょ、少し涼むくらい。何なら、アルもちょっとくらい付き合ってくれてもいいんじゃないの？　というか、その、ね……」

そっと視線を逸らしつつ、妙に歯切れが悪い物言いをする。悩み事でもあるのか、ずいぶん遠回しではあるが……アルスは多少鼻白んだ様子を見せつつも、しぶしぶ応じた。

「まあいい、ちょうど俺も、何か飲み物でも頼もうかと思っていたところだ。だが、くだらない話なら、長々とは付き合い切れんからな？」

「まるっきり全部が予想通りの反応ね。でも、まあいいわ。付いてきて」

念を押すようなアルスの言葉に、テスフィアは憎まれ口で応じつつも、少しだけ嬉しげに歩き出した。

扉の先、薄暗い小部屋を抜けて連れてこられたのは、屋敷の壁面に張り出した小さなバルコニーだった。すぐ傍まで庭の木々が迫っているせいか、普段は使われていないらしく、古びた椅子や机などが置いてあり、ちょっとした物置きめいた様子ですらある。

「懐かしいな、ここ」

蒼白い月明かりの下、なめらかな石造りの手すりをそっと撫でながら、テスフィアが小さく呟く。

「一人の時に来る特別な場所とか言い出すなよ」

早速ムードをぶち壊すアルスに、テスフィアはジトッと細めた目を向けつつ、溜め息をついた。

「別にそういうんじゃないわよ。単に、ここがお母様の書斎から一番離れてるってだけよ。小さい頃とか何となく隠れてた、というか」

そういうのを特別というんじゃないのかと内心でアルスが突っ込んだ時。

「べ、別に良いでしょ！」

「何も言ってないんだが」

たちまち仏頂面になりつつも、無言で手すりにもたれるテスフィア。あまり似つかわしくないその沈んだ瞳は、どこか彼女なりの想いに耽っているようにも見える。

「この数日、ううん、ここ数カ月の間で考えることが増えたわ」

「心配事もな」

少しはそんな心情に寄り添ってみせるかのようなアルスの言葉。それに苦笑いを浮かべつつも、テスフィアは久しぶりの自然な笑顔でうなずく。

「そのほとんどにあんたが関わってるんだけどね」

「まったく遺憾なことだがな」

「特に学院での事件には、色んな意味で考えさせられたわ。あっ」

改めて向き直った瞬間、ガウンの前が少しはだけてしまったようだ。サッとネグリジェの胸元を隠すようにしつつ、テスフィアは頬を僅かに染めて、ちらりとアルスへと疑いぶかげな視線を投げかける。

その反応は、異性の目を気にするという意味で、貴族令嬢としては正しいものであろう。

だが――。

「失礼な奴だな。妙な詮索をするくらいなら、そんな気を抜いた恰好で出てくるな。心配無用だ、見慣れてる」

事実、諸事情あってテスフィアの肌を直接見るのは、もう何度目か、というぐらいだ。

別に彼女が安売りしているわけではないにせよ、腐れ縁というのは怖いものではある。

「ふん。何よ、下心のカケラもないの？」

珍しく挑発的というだけでなく、その声音に妙な感情の色を感じて、アルスはしばらく押し黙る。

すっと身体の軸をずらしつつも、そんなアルスを、僅かに濡れたような視線で見つめてくるテスフィア。

妙に落ち着かない気分だ。彼女相手に、こんな風に言葉に窮するのは初めてかもしれない。アルスは唐突に降って湧いたような、そんな微かな〝気分〟を打ち消すように、あえてシニカルに言い放つ。

「なんだ？　そういう駆け引きをするつもりなら、もう少し心臓に毛でも生やせ」

実際、覚悟を決めた場合のフェリネラなどと違い、テスフィアにはどうもその手の素養が欠けているのだ。色気という意味でも、度胸という点においても。

「ふん！　さすが、色っぽいイベントに慣れてる人は言うことが違うわね」

「まあ、軍じゃ嫌でも慣れなきゃいけなかったもんでな」

「どんな生活よ！　軍人のお姉さま方に囲まれて、さぞ愉快だったんでしょうね！」

顔をしかめるようにして、テスフィアが言い放つ。

「別に面白くはない。気になるなら今度話してやる」

「え？　えっと、その……そ、そうね、あんたが直接話してくれるっていうなら、聞いてあげてもいい、けど？」

どこか表情そのものを消し去ったようなアルスの顔つきと反応。それが予想外だったせいか、かえってテスフィアは焦ったような表情になりつつ、小声でもにょもにょと返す。

アルスはしばし無言で目を閉じる。

軍時代のこと――そこについて正確に言うなら、記憶らしい記憶などない、が答えだった。無機質なフィルムに残された映像のように、単にひどく客観的で俯瞰的ないくつかの光景だけが、脳裏に刻まれている。それに付随する感情めいたものは何もない。本当に、何もないのだ。

「いや、自分で言っといて何だが、知りたきゃ誰か、別の奴にでも聞いてもらったほうがいいかもだな」

「そっか」

納得したように一度は頷きつつも、テスフィアはやや口ごもった後、上目遣いに、どこか気弱な態度で問う。

「でも、やっぱりあんたの口から直接聞きたいって言ったら、怒る？　もちろんいつか、の話でいいから」

縋るような雰囲気で、語尾が微かに震えているのをアルスは感じ取りつつ口にする。

「いつかな」

重い返事だけを、ぽつりと返す。ただそれだけを聞きたかった、とでも言うかのように、安堵した風なテスフィアは、大きく笑った。

「うん！　いつか、よ。そうそう、この勢いついでに言うけど」

少し溜めた気配の間に、いつもの態度を取り戻したアルスは、すかさず皮肉げに笑う。

「ん？　なんだ、告白か？」

言うが早いか、売り言葉に買い言葉という調子で、元気のよいツッコミが飛んでくる。

「はあ!?　自意識過剰も甚だしいわねアンタ。まさか、自分がモテるとか思ってるわけ？　いい加減自覚した方が良いわよ、性格に難ありってコト！」

「お前に言われたくはないが、ま、せっかくだから聞いてやる。なんだ、その勢いついでとやらは？」

真っ赤になりながらも、フン、と手すりに置いた腕に顔を乗せるテスフィア。そんな彼女に倣うかのように、アルスもまた、バルコニーに背中を預ける。ついでに片手の肘から先を手すりに沿って伸ばし、改めてゆったりと、なめらかな石材にもたれかかった。

「偉(えら)そうね、まったく」

「正直、同年代の奴とは話が合わんしな。半分あきらめてるさ」

ぬけぬけとそんなことを言うアルスを、じろりとテスフィアは横目で睨(にら)む。そっと無言で細めたその視界の端、手すりの上には、彼女のほうに幾分(いくぶん)か伸びたアルスの手と指先が映っている。

テスフィアは小さく緊張(きんちょう)気味に喉(のど)を鳴らすと、そっと頬杖(ほおづえ)を突いていた腕(うで)を外し、恐(おそ)る恐るとでもいうように指を這(は)わせる。

だが握(にぎ)る度胸まではなく、代わりにアルスの手の甲(こう)を、突っつくようにして言った。

「でもまあ、あんたはそれでいいのかもね。いつだって超然(ちょうぜん)としてて、余裕(よゆう)たっぷりでさ。その、頼(たよ)りがいがない、こともないっていうか」

テスフィアは、耳先を真っ赤にしながら、口の中だけでぶつぶつと呟(つぶや)く。

「だいたい、アルが〝こういうヤツ〟でなかったら、今の私はいないわけだし。あの魔力(まりょく)拡張訓練のおかげで、以前よりも魔力だって増えたんだから」

「お、ここ数日でもう自覚し始めたか」

「まあね。うん、やっぱりさ、あんたのおかげなのよね」

夜風でも冷ませないほど、耳と同じく赤く染まっていた頬を掻(か)いたテスフィアは、今度こそ真っすぐにアルスの目を見つめ、はっきりと言葉を紡ぐ。

「だから、ありがとう」

するりと紡がれた言葉と同時、緋色の髪が揺れる。

「分家の問題が落ち着いたのも、結局はアルのおかげな訳だしね。お母さまもセルバも、本当に感謝してるって、もちろん私もね」

次の瞬間、パッと月下に花が咲いたような笑顔は、とても彼女らしいものだ。だからこそ、珍しくしおらしいな、などと混ぜ返すことはせず、アルスも真っすぐに受けとめる。

「ああ。最初は余計なことかとも思ったが、結果良ければ、というヤツだ。実際俺は何もしてないし、勝ったのはお前自身だからな」

アルスのいつにない優し気な言葉に、テスフィアはこくりと頷く。

「うん。あの時ね、私、心から力がほしいって思った。ううん、これまでだって同じことはさんざん思ってきたけれど、あれほど強く、あれほど深く思い知らされたのは」

初めてだ、と彼女は続ける。

それはもちろん、単に過去のいくつもの事件や、テレシアとの戦いのことだけではない。そう、一番大きなものは、先に学院で遭遇した脱獄囚らとの死闘だろう。

敵は魔物でなく、明確な悪意を持った人間。そんな賊どもに学院の仲間達が死地に晒され、彼女自身も大きな傷を負った。思えばあの時から、テスフィアの心は、彼女自身も気づかないうちに、大きな成長を遂げ始めたのだろう。敗北は魔法師に変化を強要するのだ――特に彼女のように純真な感情に突き動かされるタイプの人間には。

　今回の【テンブラム】へ向けての二週間の訓練期間にもそれは表れている。アルスが見たところ、最初こそ危うげだったが、特にテレシアとの対峙を経て、彼女の成長ぶりには著しいものがあったのだ。あの後はまさに、一日ごとに強くなっていくかのような雰囲気さえ感じられたのだから。

「私って、思ったより全然弱かったんだなって。さんざん頑張ってきたつもりだったけど、重ねてきたつもりの努力に、逆に甘えてたんだなって。そしてね、同時に肌で感じたのよ。誰かが、いつもの日常がそこにあって、いて当たり前だと思っていたものが、突然なくなるのが本当に怖いことだって。だから、感謝は伝えてこそ意味がある。今のうちに、言葉にしないといけないこともあると思ったから」

　ふと、彼女の艶を帯びた視線が、アルスの瞳を捉える。

「そうか。これからは、お前も当主としての自覚を持つ必要が出てくるんだろうな」

「うん、でも、そのね、そこはホラ、一人じゃなくても？　えっと、確かに当主として実力を示すことや、貴族の教養を身につけることは大事だけど、お母様のように大切な人と結ばれて、そのっ、家を守るって方法も……」

しどろもどろ、というにもほどがある態度ではあるが、それでもなんとか、逃げることだけはせず、テスフィアはアルスを見つめる。

甘い夢だけに包まれ、熱に浮かされたような言葉が、自分自身もコントロールできないままに、少女の唇をついて出る。それが無意識であろうとなかろうと、これまで一度も考えなかったわけではない〝候補者〟。改めてこうしてみれば、彼以上の存在はいないのだ、と今更のように気づく。

だから、これは一方通行の想いの欠片である。そもそも自分はアルスのことをほとんど何一つ知らない。自分が知っているアルスは、全てが学院に来てからのアルスで、それも彼のほんの一部でしかないのだろう。なら、彼が自分の我儘な願いを受け入れてくれるなら、今から少しずつでも知っていきたい。それこそ、アルスの口から聞いてみたいのだ。その心のうちを。過去を。

自制を失いかけている、と半ば自覚しつつも、今、テスフィアはその全てに触れたかった。ロキのように献身的に寄り添うことも、フェリネラのように優しく抱きとめることも、今の自分では難しいのかもしれない。でも、それでも、何も知らないままでいることが寂しく思えてしまうのだ。

だが、求めると同時にどこか、諦観に似た静かな感情も湧いてくる。この月下の時間はたぶん、何かの偶然で降って湧いたというだけの、それこそ奇跡のようなタイミングにすぎない。時間が過ぎれば、〝その時〟がくる。いつもの……軽口を叩きあう、気さくな悪友めいた二人に戻るべき時が。

彼女のそんな胸の想いを知ってか知らずか。アルスは一つ息をついた後、テスフィアに手を伸ばす。

あっ、と小さく震えて縮こまった身体、ではなく、その赤い髪にぽん、と手を置いて。

「何を考えているのか知らんが、それはお前が一番避けたいと思ってた方法のはずだろ。婚姻だの約定だの、アイルじゃあるまいし、今時そういうのは俺もカビの生えた代物だと思ってたくらいだ。安心しろ、とにかく【テンブラム】で勝ちさえすれば、実力を示せる。同時に、そんなくだらない旧習になんか従わなくても、家を守れるってこともな、俺もそのために手を貸すんだ」

「…………そうね」

忘れていた訳ではない。この【テンブラム】の勝敗には、アイルとの婚約がかかっているのだから。それでも、もし自分がいつか伴侶を迎えるのだとしたら……。改めてそう考えてしまった時、テスフィアの胸の中には、ただ一人の姿が浮かんでくる。

単に同級生として、学院生活が始まってから、もっとも長く近くにいた異性というだけではない。あの厳格な母からも認められ、彼女にとっては魔法の師でもあり、全魔法師のトップに君臨する現一位である少年。

彼(アルス)のことを一度でもそう意識してしまえば、自分の中で彼という存在の占める場所は、どんどんと大きくなってくるような気がした。

いくら否定しようとしても、もはや予(あらかじ)め決まっていたことのようにすら感じられる。寧ろ彼以外の存在を伴侶とすることなど想像すると、胸が苦しくなるような気持ちさえ湧いてくるのだから、おかしなものだ。

同時にそれは、次期当主としての自覚を持ってしまった以上、避けられないことだったのかもしれない。

自分が心から信頼でき、大切に思える男性と手を取り合って進む道。一度でも〝そんな未来〟を思い描いてしまえば……。

そう、彼となら己が魔法師として大成する道と家を守り継ぐ道の二つが、同時に矛盾することなく成し遂げられるのではないか。そんな気さえするのだから。

何より一番大事なのは、テスフィア自身がそれを望んでしまっている、ということだ。

（けれど、今はそれを知れただけでいいのかもしれない）

そんな風に、胸の中で呟いてみる。アルス自身がさっき言った通り、彼は今、そんな少女の妄想趣味の甘い夢想のためでなく、彼自身の極めて現実的な理由のためにここにいる。

いや、彼がここに〝いてくれる〟だけでも感謝すべき僥倖だろう。

だから今は、これ以上を望むべくもないのだ、と。

（……というか、こんな時にもコイツって相変わらず鈍感過ぎというか。いや、ある意味いつも通りなのかもだけど。はぁ～）

翻った赤い髪の陰になり、テスフィアの表情は窺い知れないが……やがてその口元に、フッと気の抜けたような笑みが浮かぶ。

それから彼女はさっと顔を上げ、精一杯の明るさで、頭に置かれたアルスの手を払いのけてみせる。

「やっぱりそうよね。なんだか家の大事にかこつけて、ズルしてるみたいだし」

ん？　とばかり乙女心の文脈を掴みかねたアルスは、怪訝な表情を浮かべる。だがテスフィアは、それには構わず続けた。

「さっきはちょっと変なコト言ったかもしれないけど、気にしないで！　でもね、私も一度決めたことを、覆すつもりはないんだから。そうね、こっちもいつか、いつかの話よ」

そう言い放つや、テスフィアは伸ばした腕で手すりを勢いよく掴み、よっとばかりに、バルコニーの外の空中に身を躍らせる。

咄嗟にアルスの手が伸び、それを今度こそきっちり掴んだテスフィア。それから彼女は嬉々とした表情を浮かべつつ、余裕たっぷりに手すりに座り直した。

「別に落ちやしないわよ。小さい頃から、ここにはいっつも座ってたんだから」

憮然としたアルスは、手を伸ばしたまま、ただ一言。

「勝手にしろ。だが、万が一があったら、明日、どうするつもりだったんだ」

「ふ～ん、気持ちいいのよ、ここ。……だからさ、ちゃんと掴んでて」

そのまま、ブランコにでも座るように足をぶらつかせるテスフィアの赤髪を、気持ちの良い夜風が撫でていく。

しっかりと二人の手は繋がったまま、だが、それが単なる支え以上の意味を持っていることになど、アルスは気づきもしない。

今はもう、明日への不安などきっと微塵も感じていないのだろう。アルスがそう疑ったほどに、テスフィアの顔は晴れ晴れとしている。

さっきまでの憂いの色が嘘だったかのような自然体で、少女はただただ、このひと時に幸せを感じていた。

月が照らすバルコニーで満天の星の下、今は繋がった手の先にだけある温かい感触とそ

の意味。己に高揚感をもたらすもの、その存在への気づきが、少女を大人へと変えていく。

そう悟ってしまえばこそ、手に伝わる温もりがこれまで以上に頼もしく、そして憎らしいほど離し難くなる。

「……アル！　明日は勝つわよ！」

「ハァ～、今更だな。それよりさっさと下りろ」

「なら、アルが下ろしてよ？」

「あ？」

チッと響く舌打ちの音。同時に身体が腕ごとグッと後ろに引かれるのを感じ、テスフィアは、その逞しい力に従うままに倒れる。

それを支えるように、己の背と腰に回される力強い二つの腕の感触を、テスフィアは全身が微かに震えるような喜びとともに受けとめた。

「……酔ってるのか？」

「かもね！　でも、ベタに重いとか言うのはナシよ。明日の指揮官を床に落としたら、ただじゃおかないんだから」

あくまでも勝気な態度で言い置いて、テスフィアはわざとらしく目を閉じ、まるで眠れる森の姫でもあるかのように、そっと組んだ掌を己の胸の上に置いた。

「ふふん。ついでに、このまま部屋まで運んで貰えたりする？」

「図々しいにもほどがあるぞ。まあいい、今日だけは特別にサービスしてやる」

「はーい」

かくして月下のバルコニーでの密会は終わり、ほんの明日までの時限式お姫様を抱えたまま、アルスは部屋を出ていく。

途中、ドアの縁か柱にでも頭をぶつけたのか、「あ痛！」とテスフィアの小さな声が漏れたが、それきり物音は途絶え……。

ついに明日に迫った決戦の儀の興奮を、古から連綿と続く一族の栄光と歴史の風格の中に包み込みつつ、屋敷はそのまま静かな、静かな眠りの中に沈んでいった。

あとがき

The Greatest Magicmaster's Retirement Plan

お久しぶりです。イズシロです。

今回は、早速本題に触れていきたいと思います。すでに本編を読み終えられた方の中にはアルスの出番が少なく、ちょっと物足りなかったかな、と感じられる読者様がいるかもしれません。アイルとアルス、テスフィアの運命が大きく絡む【テンブラム】については、さらに読みやすく、楽しんでいただけるようにＷＥＢ版から特に大きく変更を加えた部分でもあり、アルスの活躍については次巻でもっと濃い目に描く予定です。引き続きお楽しみいただけるようしっかり準備して参りますので、ちょっと長い目で応援いただけましたら幸いです。

さて、恒例の謝辞をば。「最強魔法師の隠遁計画」第17巻に携わってくださった関係各位、多くの方々にお礼を申し上げます。もちろん担当編集様にも感謝です。何事も予定通りに行かないと感じる今日この頃です。えぇ、概ね私が原因なのですが……。これからもよろしくお願い致します。

そしてイラストを担当してくださっております、ミユキルリア先生。今回も大変忙しい中、美麗なイラストをありがとうございます。次巻もよろしくお願い致します。最後になりますが、本書を手に取ってくださった多くの読者様に感謝の言葉をしたためて〆とさせていただきます。では、次は18巻でお会いしましょう。

最強魔法師の隠遁計画 17

2023年9月1日　初版発行

著者――イズシロ

発行者―松下大介
発行所―株式会社ホビージャパン

〒151-0053
東京都渋谷区代々木2-15-8
電話　03(5304)7604（編集）
　　　03(5304)9112（営業）

印刷所――大日本印刷株式会社

装丁――AFTERGLOW／株式会社エストール

Printed in Japan

ISBN978-4-7986-3238-4　C0193